KB078691

The Record of

재중
귀환록

FUSION FANTASTIC STORY
푸른 하늘 장편 소설

재중 귀환록 18

푸른 하늘 장편 소설

초판 1쇄 찍은 날 § 2015년 9월 9일
초판 1쇄 펴낸 날 § 2015년 9월 16일

지은이 § 푸른 하늘
펴낸이 § 서경석

편집책임 § 박가연

펴낸곳 § 도서출판 청어람
등록번호 § 제387-1999-000006호
등록일자 § 1999. 5. 31
어람번호 § 제1-2221호

주소 § 경기도 부천시 원미구 부일로 483번길 40 서경B/D 3F (우) 14640
전화 § 032-656-4452 팩스 § 032-656-4453
http://www.chungeoram.com
E-mail § chungeorambook@daum.net

ISBN 979-11-04-90399-1 04810
ISBN 979-11-5681-939-4 (세트)

The Record of
Dragon's Return

재중
귀환록

18
생체 병기

푸른 하늘 장편 소설
FUSION FANTASTIC STORY

도서출판
청
어
람

CONTENTS

Chapter 01
흔적을 찾아서

재중귀환록

'바네사가 단독으로 움직인다?'

　재중은 테라의 말에 고개를 갸웃거렸다.

　―호텔 로비에서 예전에 킬러로 움직일 때 동료이던 사람을 만났어요.

　재중은 테라의 말에 혹시 바네사가 다시 킬러로 돌아가려는 건 아닌지 궁금해졌다.

　'다시 예전으로 돌아갈 것 같아?'

　테라가 고개를 저었다.

　―그건 아니에요, 마스터.

'아니다?'

테라의 성격상 확신이 없다면 저렇게 단호하게 대답할 리 없다.

그래서 재중은 고개를 갸웃거렸다.

―아무래도 바네사가 단독으로 작은 마스터의 보좌를 위해서 움직일 것 같아요, 마스터.

'연아를 위해서?'

―네.

'의외로군.'

재중은 진심으로 의외라는 표정을 지어 보였다.

재중에게 강제로 붙잡혀서 연아의 비서가 된 바네사이다.

당연히 겉으로야 충실한 비서 역할을 하고 있긴 하다. 재중의 힘을 눈앞에서 봤으니 그러지 않을 수 없었을 것이다.

아니, 그게 아니라도 바네사는 재중의 능력을 직접 목격하기 전에도 스스로의 직감을 통해 재중을 두려워했던 인물이었다.

그랬던 그녀가 쉽사리 재중의 뜻을 거스를 수 있을 리 없다.

아무튼 첫 만남부터 살짝 어긋난 상황이기에 재중은 바네사를 100% 신뢰하고 있지 않았다.

아니, 자신을 죽이러 온 킬러를 여동생의 비서로 보내는 것 자체가 재중이 아니라면 불가능한 일이라 할 수 있다.

물론 재중은 바네사가 연아를 어떻게 할 수 없다는 자신감이 있었기에 보낸 것이긴 하다.

그런데 그런 재중에게 바네사가 연아를 위해서 단독으로 움직이기 시작했다는 테라의 말은 놀라움을 주기 충분했다.

그것은 재중에게 나름 신선한 충격일 수밖에 없었다.

―뭐 저도 그건 어떨지 모르지만, 우선 제가 살펴본 것을 종합하면 심경에 변화가 있는 것 같아요. 그리고 킬러로 활동할 때 함께 움직이던 동료들도 모두 바네사가 죽은 것으로 알고 뿔뿔이 흩어진 것을 제가 확인했어요, 마스터.

죽다 살아났으니 심경에 변화가 있다는 테라의 말은 충분히 이해가 되긴 했다.

자신도 길바닥에서 몇 번이나 죽을 고비를 넘기면서 독해지고 냉정하게 변했다.

하지만 그런 것을 모두 뒤로 미루어두더라도 어째서 지금일까?

바네사가 그동안 연아의 비서로서 충실히 일했다는 것은 재중도 이미 알고 있다.

테라와 흑기병의 눈과 귀는 어차피 재중의 눈과 귀였으니 말이다.

　그런데 절묘했다.

　지금 연아에게 어느 정도 위험이 있다는 것은 재중도 인정하는 상황이다.

　물론 테라가 연아 곁에 있고 흑기병이 천서영의 곁에 있기에 안심하고 이렇게 따로 움직이고 있지만 100% 안전한 것은 아니었다.

　물론 현실적으로 상대가 드래곤이 아니라면 사실상 큰 위험은 없을 것이다.

　왜냐하면 재중 자신이 그 정도의 존재들과 치열하게 생사투를 해봤으니 말이다.

　―어떻게 할까요, 마스터?

　바네사의 행동에 나쁜 의도는 없어 보였다.

　하지만 역시나 자신들의 눈 밖에서 단독으로 움직이는 모습이 신경 쓰이는 것도 사실이다.

　테라는 바네사에게 다른 의도가 없다고 판단했지만 재중이나 테라가 의도하지 않은 외부의 변수가 어떤 결과를 가져올지는 모르는 일이었다.

　테라가 재중에게 어찌할지 물었다.

　'우선 그냥 지켜봐라.'

―음, 그냥 지켜볼까요?

테라도 재중과 같은 생각인 듯 되묻는 모습에 재중은 나직이 고개를 끄덕였다.

'우선은 그냥 지켜봐. 어차피 뒤통수를 맞더라도 그때 다시 뒤집으면 되니까.'

절대적인 힘이 있기에 보여줄 수 있는 재중의 여유와 자신감.

재중의 이런 자신감과 여유를 테라는 당연하게 받아들였다.

킬러라지만 평범한 인간에 불과한 바네사다.

그녀가 아무리 날고 기어도 결국 이기는 것은 강한 자이다.

그리고 드래곤은 차원을 통틀어 절대적인 무력을 가진 존재이다.

지구에서나 대륙에서나 말이다.

'호의에는 호의로, 적의에는 적의로. 알지?'

―네, 마스터.

재중의 신념은 간단했다.

적으로 판단되면 그 존재가 반항할 수 있는 모든 수단을 박살 내는 것이다.

적을 해치운 뒤 그 혈육이 반항의 씨앗이 될 가능성이

엿보인다?

만약 그렇다면 잔인할지도 모르지만 가능성을 가진 그 핏줄까지도 모조리 사라지게 만드는 것이 재중이다.

하지만 그러는 반면에 상대가 아군이라면 절대적으로 챙겼다.

배신하거나 상대가 먼저 떠나기 전까지는 말이다.

이런 모습이 어떻게 보면 이기적이고 타산적으로 보일 수도 있다.

그러나 이런 생각은 재중이 어린 시절 길거리를 떠돌면서 경험으로 자연스럽게 갖게 된 것이다.

그런 기준이 있기에 재중은 지금까지 어떠한 상황에서도 흔들림이 없었다.

이기적일지라도 자신의 신념과 기준이 뚜렷한 사람은 아무리 바람이 불어도 흔들리지 않는 법이다.

거기에 목표까지 있다면 성공할 확률이 높은 것은 당연하다.

물론 재중은 드래곤이 된다는 전혀 엉뚱한 방법으로 목표를 이루긴 했지만 말이다.

*   *   *

"찾았나?"

카디스와 헨기스트는 지하에서 올라오다 만난 사이먼의 질문에 고개를 저었다.

"없단 말인가?"

사이먼은 당연히 있을 것으로 생각했는데 없다는 그들의 말에 놀란 듯 물었다.

"카디스와 내가 찾아봤지만 흔적조차 없었네."

헨기스트가 고개를 흔들면서 다시 대답하자 카디스도 고개를 끄덕였다.

"무려 2층에서 지하까지 구멍을 뚫었는데 흔적을 찾을 수 없다니 이해하기 힘들군."

사이먼은 도저히 헨기스트의 말을 믿을 수 없었다.

하지만 같은 5서클의 마법사가 찾지 못했다면 믿을 수밖에 없다.

카디스를 죽음 직전까지 몰아붙인 무기다.

그리고 지금 이곳 안전가옥의 2층에서 지하까지 일직선으로 구멍을 뚫은 그 무기였다.

그런데 막상 사용하고 난 후 찾으려니 찾을 수가 없다.

"카디스 자네는 이걸 알고 있었나?"

사이먼이 물었다.

"아니, 나도 몰랐네. 알았다면 절대로 사용하지 않았지.

젠장."

카디스도 침통한 표정을 숨기지 않았다.

사실 따지고 보면 지금 가장 화가 나는 것은 카디스일 것이다.

자신을 죽음 직전까지 몰아붙인 무기였기에 어떻게든 연구를 해보고 싶은 마음이 절실했다.

"하긴."

사이먼도 카디스의 심정을 이해하는지 고개를 끄덕였다. 하지만 그 역시 아쉬운 마음은 어쩔 수 없는 듯했다.

모든 것을 떠나 마법사로서 호기심이 발동했는데 정작 그 대상이 사라져 버렸으니 말이다.

"그분에게 부탁드리면 어떨까?"

헨기스트는 문득 자신들이 찾지 못한 것이 어쩌면 경지가 낮아서 그럴 수도 있다는 생각이 들었다.

헨기스트의 그런 의도를 눈치챈 사이먼이 잠시 생각하다가 고개를 끄덕였다.

"음, 이건 개인적인 욕심으로 치부할 수도 없는 일이니 어쩔 수 없지."

사이먼도 헨기스트가 말한 그분이 누군지 바로 알아들었다.

마나의 인도자 중에서도 선두에서 이끄는 위치에 있는

그들이다.

그런 그들이 그분이라고 높여 부를 존재는 재중이 유일
했다.

"찾지 못한 모양이군요."

때마침 사이먼의 뒤에서 목소리가 들려왔다.

돌아보자 재중이 굳이 이야기를 듣지 않아도 다 알겠다
는 듯 말했다.

"아무래도 저희의 경지가 낮아서 그런지 찾을 수가 없
었습니다."

사이먼은 재중에게 솔직하게 이야기했다.

그리 길지 않은 시간이지만 재중이 잔꾀가 통하지 않는
상대라는 것을 이미 여러 번 경험했다.

"음, 5서클의 마법사가 찾지 못한다면 좀 심각할 수도
있겠군요."

재중도 카디스와 헨기스트가 지하실로 내려갈 때만 해
도 가져올 것으로 생각했었다.

한데 막상 결과가 이렇게 나오자 어쩔 수 없이 본인이
나서야겠다고 생각했다.

상급마법사를 넘어선 경지에 오른 5서클 마법사 두 사
람이 나선 일이다.

그 둘이 나서서 찾지 못했다면 뭔가 재중도 모르는 특

별한 것이 있다는 것이다.

"저희도 같이 가도 되겠습니까?"

재중이 지하실로 움직이려 하자 재빨리 끼어든 헨기스트가 물었다.

재중은 간단하게 고개를 끄덕였다.

지금 그들에게 그 어떤 것보다 가장 호기심을 자극하는 대상이 바로 자신이라는 것을 재중은 알고 있었다.

오랜 세월 동안 잊혀졌던 존재, 하지만 동시에 그들이 사용하는 마법의 기원으로 알려진 전설의 존재가 바로 재중이다.

그런 존재가 눈앞에 있는데 그걸 모른 체한다면 마법사로서 실격일지도 모른다.

마법사란 끝없이 탐구해야 하고 호기심을 가져야 하는 존재였으니 말이다.

"깨끗하군요."

지하실로 내려온 재중은 바로 감각을 활성화시켰다.

하지만 놀랍게도 재중의 감각에도 전혀 걸리는 것이 없었다.

마치 처음부터 구멍을 낸 무기가 없었던 것처럼 말이다.

믿을 수 없는 상황에 의심을 가진 재중은 몸 안의 마나를 활성화시키기 시작했다.

화르르륵!!

"헉! 이건 마나!"

"마나가… 불타오르다니……!"

사이먼은 이미 한 번 재중의 마나를 직접 눈으로 본 적이 있다.

그래서 이 상황에서도 크게 놀라지 않고 곧 제정신을 차릴 수 있었다.

그러나 사이먼과 달리 헨기스트와 카디스는 재중의 몸에서 회오리치면서 타오르는 마나의 불꽃을 보고는 숨이 멎을 뻔했다.

도대체 얼마나 많은 마나를 가지고 있어야 저렇듯 마나의 불꽃이 타오를 수 있는 것일까?

헨기스트와 카디스 두 사람으로서는 차마 짐작조차 할 수 없었다.

5서클에 이른 그들로서도 전신의 마나를 쥐어짜내야만 겨우 손가락에 마나의 불꽃을 일으킬 수 있을 정도이다.

하지만 지금 재중은 마나의 불꽃으로 만들어진 갑옷을 입은 듯했다.

전신이 마나에 감싸여 세차게 불타고 있으니 놀라지 않을 수가 없었다.

그런데 그들은 눈앞에 보이는 현상에만 집중한 나머지

원인을 망각하고 있었다.

애초에 왜 재중이 마나의 불꽃을 피워 올렸는지를 말이다.

재중은 그저 시각적으로 능력을 과시하기 위해 마나의 불꽃을 보여준 것이 아니었다.

재중처럼 압도적인 마나를 사용해서 중력을 조절하는 힘을 지닌 존재는 지구상에 존재하지 않았으니 어쩌면 그들이 이유를 모르는 것도 이해할 수 있는 부분이다.

휘리릭!!

재중의 몸에서 일어난 마나의 불꽃이 점차 그 세기가 강해지자 지하실의 공기가 흔들리기 시작했다.

"이, 이것은……!!"

카디스는 전직 특수요원 출신답게 주변의 변화에 가장 먼저 반응했다.

"자네 왜 갑자기… 헉!! 마나가 움직이고 있어."

"주변의 마나가 마치 살아 있는 듯 움직이다니……."

이번에는 사이먼도 놀란 듯 두 눈을 부릅뜨고 재중을 보았다.

재중을 중심으로 회오리치듯 마나가 움직이는 모습에 저절로 입이 벌어졌다.

펄럭~

잠시 후, 재중의 타오르던 마나의 불꽃이 마치 살아 있
는 듯 서로 뭉치기 시작했다.

그리고 얼마 지나지 않아 재중의 등에 푸른색의 날개가
만들어졌다.

"…마나의 날개!"

"전설이… 전설이 돌아왔어!"

"이걸 살아생전 볼 수 있을 줄이야!"

카디스가 재중의 등에 생겨난 마나의 날개를 보고 비명
처럼 외쳤다.

헨기스트는 감격에 겨운 듯 눈물까지 흘리면서 전설이
돌아왔다는 말을 중얼거리기 시작했다.

반면 그런 그들과 달리 재중은 정신을 주변의 마나를
움직이는 데 집중하고 있었다.

재중의 감각에도 걸리지 않을 정도로 완전히 흔적을 없
애 버렸다면 남은 방법은 하나뿐이었다.

마나로 움직이는 무기라면 마나의 흔적을 찾는 수밖에
없으니 말이다.

슈슈슈슈슈!!

역시나 재중의 예상대로였다.

재중이 강제로 지하실의 마나를 움직이면서 흔적을 찾
아 분류하자 본래 이곳 지하실에 존재하지 않던 마나들이

따로 재중의 손바닥 위에 모이기 시작했다.

쉬쉬쉬쉿!!

바람이 갈라지는 소리가 들리고 잠시 후.

놀랍게도 재중의 손바닥 위에 처음 사이먼이 2층에서 사용한 무기와 똑같은 것이 나타났다.

'역시… 마나의 결정이었군.'

재중은 설마 하는 생각으로 분리된 마나를 강제로 압축해 보았다.

그런데 놀랍게도 사라진 무기가 모습을 드러낸 것이다.

재중은 절로 씁쓸한 표정을 지었다.

지구에는 존재해서는 안 되는 무기였으니 말이다.

"설마… 이건……?"

"마나가 뭉치더니… 그 무기로 변하다니… 이게 무슨 일입니까?"

"…어떻게 마나가 물질로 변할 수 있단 말입니까?"

카디스를 시작으로 헨기스트와 사이먼 모두 상상을 벗어난 상황에 재중에게 물었다.

물론 재중이 그걸 일일이 바로 대답해 줄지는 모르지만 말이다.

Chapter 02
마나 무기

재중귀환록

"그럼 마나를 압축할 수만 있다면 이 무기를 만들 수 있다는 말씀이십니까?"

헹기스트는 재중의 설명을 듣고서도 도저히 믿을 수 없다는 표정을 지었다.

하지만 지금에 와서 재중의 말에 다른 말을 꺼낼 수도 없었다.

자신들이 직접 눈앞에서 마나를 사용해 무기를 만드는 것을 봤으니 말이다.

"놀랍군요. 마나를 이런 식으로 사용하다니……."

"그러게. 이건 마나 응용의 새로운 시대를 개척한 것이나 마찬가지야."

사이먼과 헨기스트는 새로운 마나의 사용법에 대해서 순수하게 감탄했다.

그 누구도 생각해 보지 못한 응용법이다.

하지만 사이먼은 무언가 불안한 눈빛을 보이면서 재중에게 물었다.

"그럼 라스푸틴의 제자인 알람이라는 녀석은 마나를 압축할 수 있는 경지에 이르렀을지도 모르겠군요."

순수하게 감탄하는 카디스, 헨기스트와는 달리 사이먼은 이 일이 가진 다른 의미를 떠올리고 근심스러운 표정을 지었다.

그는 재중이 한 것을 라스푸틴의 제자인 알람이 똑같이 했다는 것에 놀람보다 공포를 느끼고 있었다.

자신들도 하지 못한 것을 라스푸틴의 제자라는 녀석이 해냈으니 말이다.

"그건 나도 좀 의문이긴 하네. 알람 녀석을 오랫동안 추적한 내가 확인하기로 녀석은 4서클이었거든."

"그래? 하지만 우리가 본 것은 도저히 4서클의 마법사가 다룰 수 있는 것이 아니었어."

헨기스트도 도무지 이해가 가지 않는다는 표정으로 되

물었다.

하지만 이곳에서 이들에게 대답해 줄 수 있는 사람은 재중뿐이었다.

"제게 대답을 듣고 싶은 거군요."

재중이 셋의 시선을 받으면서 말했다.

"네, 이건 도저히 이해가 가지 않아서 그렇습니다."

"맞습니다. 4서클의 알람이 재중 님과 같은 능력을 가지고 있다고는 생각할 수 없습니다."

사이먼과 달리 헨기스트는 재중의 무력을 직접 경험해 봐서 그런지 단호하게 말했다.

그는 4서클 수준의 알람이 재중처럼 마나를 압축하는 능력이 있다는 것을 믿지 않는 표정이었다.

"음, 사실 보기에는 화려하지만 원리를 알고 나면 여러분도 어느 정도는 가능할지도 모르겠군요."

"넷?"

"저희도……?"

"그게 사실입니까?"

재중의 말에 놀란 셋이 동시에 되물었다.

그러다 금방 자신들이 다그친 존재가 누군지 깨닫고는 슬쩍 뒤로 물러났다.

씨익~

재중도 방금 그들의 모습이 딱히 좋아 보이진 않았지만 이해 못할 정도는 아니었기에 웃어넘겼다.

"원리라면… 그게 무엇입니까?"

그래도 재중을 가장 오래 만났다고 할 수 있는 사이먼이 먼저 물었다.

"다이아몬드."

"……?"

"……?"

"……?"

재중의 뜬금없는 말에 셋은 고개를 갸웃거렸다.

재중이 드래곤이라는 것을 몰랐다면 장난친다고 생각될 만큼 뜬금없는 대답이었다.

"다이아몬드를 만드는 방법을 아실 겁니다."

재중은 그들이 이해하지 못하자 결국 풀어서 이야기했다.

"그야 석탄이 오랜 세월 동안 강한 열과 압력을 받아 만들어지는 것이 다이아몬드 아닙니까? 설마……?"

그랬다.

금강석, 또는 다이아몬드라 불리는 것은 사실 석탄이었다.

물론 둘의 가치와 강도는 완전히 다르지만 석탄과 다이

아몬드가 같은 탄소인 것은 사실이다.

"헛!!"

"기발하군, 기발해!"

가장 먼저 사이먼이 깨닫고 놀란 표정을 지었고, 다음은 카디스였다.

헨기스트도 이내 재중의 말뜻을 알아들었는지 고개를 끄덕였다.

"원리는 간단합니다. 마나를 강한 압력으로 압축하면 되니까요."

이 이론을 간단하게 실현 가능한 것은 지구상에 재중이 유일할지도 몰랐다.

애초에 마나를 움직여서 중력을 조절할 수 있는 재중이니 말이다.

"그러면 저희도 마나와 압력만 있으면 만들 수 있다는 말씀이군요."

사이먼이 이해했다는 듯 말했다.

"네. 하지만 마나를 압축해서 물체를 만들려면 과연 얼마나 강한 압력이 필요할까요?"

재중이 가장 핵심을 물어보았다.

"모르겠습니다. 이건 저희도 처음 보는 것이라……."

사이먼은 생각할 것도 없다는 듯 고개를 흔들었다.

주변의 마나를 비틀어서 마법을 사용하는 방법만 알고 있는 마법사들이다.

마나를 압축해서 물체화하는 것을 누가 상상이나 했겠는가?

이건 생각의 차이가 아니라 발상을 완전 뒤집는 것이나 마찬가지였다.

간단하게 지금 마법사들이 사용하는 마나가 물이라고 한다면 알람이 만든 마나 무기는 얼음인 셈이다.

즉 여태까지 마나의 인도자들은 마나를 물로만 사용해 왔다.

그런데 라스푸틴의 제자인 알람이라는 녀석은 마나라는 물을 얼려서 얼음으로 사용한 것이다.

발상의 전환, 알고 보면 별것 아닌 것 같지만 때론 그 별것 아닌 생각의 전환이 세계를 바꾸기도 한다.

"제가 말했을 겁니다. 탐구하고 호기심을 버린 마법사는 마법사이길 포기한 것이라고."

재중이 나직하지만 따끔하게 일침을 가하자,

"……."

"……."

"……."

사이먼과 헨기스트는 재중의 눈을 피할 수밖에 없었다.

지금의 무력한 마법사들을 만든 것이 결국 자신들이니 말이다.

카디스는 재중의 눈을 피하진 않았지만 입이 열 개라도 할 말이 없기는 마찬가지였다.

다만 카디스는 자신이 저 발상의 전환이라는 마나 무기에 처절하게 당했기에 투쟁심이 먼저 끓어올랐다.

그런데 문득 카디스의 눈동자가 흔들리더니 그가 조용히 입을 열었다.

"시설이 있을 겁니다."

"시설?"

"시설이라니… 그게 무슨 말인가?"

카디스의 갑작스런 말에 사이먼과 헨기스트가 궁금한 듯 물었다.

하지만 그들도 5서클의 마법사였다.

바로 카디스가 말한 시설이 무엇인지 알아챘다.

"4서클의 마법사 녀석이 마나를 압축했다면 결코 자신의 능력이 아니겠지."

사이먼이 나직이 말하자 헨기스트가 뒷말을 이었다.

"인공 다이아몬드도 만들어내는 시대에 인공 마나 무기를 만들지 못할 리 없지. 그래, 기계의 힘을 빌린 거였어."

씨익~

스스로 해답을 찾아가는 셋을 지켜보던 재중이 입가에 미소를 지었다.

자신은 어차피 보조를 해줄 뿐이다.

라스푸틴과의 전쟁의 절실함은 재중보다 그들이 더할 것이다.

아무리 재중이 강하고 드래곤이라고 해도 적정선을 넘어서게 되면 세상의 균형에 영향을 끼칠 수밖에 없다.

그리고 세상의 균형이 흔들리는 것은 크레이언 올드 세이라도, 재중도 바라는 것이 아니었다.

그렇기에 그들에게 도움은 주되 세상의 균형이 흔들리는 수준까지는 도와줄 생각이 없는 재중이다.

물론 이렇게 막히거나 곤란할 때는 도움을 줄 것이다.

특히나 마나의 인도자들을 이끄는 6인 중에 한 명이라도 죽으면 라스푸틴이 유리하게 된다.

그것은 재중으로서도 용납할 수 없는 일이니 재중이 막아서겠지만 말이다.

"재중 님."

"네, 말씀하세요."

"다시 한 번 마나의 무기 만드는 모습을 보여줄 수 있으십니까?"

재중의 눈치를 살피는 사이먼을 본 재중은 피식 웃으면

서 손을 앞으로 내밀었다.

쉬쉬쉬쉬쉿!!

너무나 간단하게 손바닥 위에 마나가 회오리치면서 모여든다.

그러더니 알람의 마나 무기와 달리 구슬 모양의 마나 무기를 만들어냈다.

마치 어린애가 손장난하듯 말이다.

전혀 다른 모양의 마나 무기를 만들어낸 재중의 모습에 셋이 놀란 표정으로 쳐다보았다.

"아까는 잃어버린 것을 찾기 위해서 마나를 분리해야 했지만, 이번에는 제 마음대로 만들 수 있으니 굳이 같은 모양으로 만들 필요는 없지 않나요?"

재중의 개구진 표정에 셋은 고개를 끄덕였다.

틀린 말은 아니었다.

거기다 재중이 만든 것과 알람이 만든 마나 무기 모양이 완전 달랐기에 구분하기도 쉬웠다.

"재중 님, 마나 무기를 만들기 위해서는 압력이 얼마나 필요한 것입니까?"

사이먼과 헨기스트가 재중이 만들어낸 구슬 모양의 마나 무기에 정신이 팔린 것과 달리 카디스는 학구열이 불타는 눈동자로 물었다.

하지만 재중도 쉽게 알려줄 생각이 없는지 씨익 웃더니 오히려 카디스를 보면서 물었다.

"중력을 기준으로 놓고 본다면 과연 얼마나 필요할까요?"

"모르겠습니다. 마나는 본래 자유로운 것. 그것을 강제로 압축해서 물체를 만드는 것만으로도 놀라울 따름입니다, 재중 님."

카디스는 자신의 능력 밖의 것에 깨끗하게 미련을 버리고 재중에게 도움을 청했다.

재중은 간단하게 말했다.

"블랙홀을 아십니까?"

"네? 그야 알고는 있습니다."

재중이 블랙홀에 대해서 묻자 카디스는 한 개라도 더 얻겠다는 생각인지 집중하기 시작했다.

"블랙홀은 아주 강한 중력에 빛까지 빨아들인다는 것을 알고 계시죠?"

"네. 설마 블랙홀과 비슷한 압력이 필요하다는 말씀이십니까?"

카디스가 놀란 듯 되물었다.

"물론 그 정도의 압력이면 이미 지구가 우주의 먼지가 되었겠죠. 거기다 그 정도 기술력도 없을 테고요."

"그거야 그렇습니다만……."

카디스는 자신이 너무 앞서갔다는 생각에 슬쩍 얼굴이 붉어졌다.

하지만 재중을 보는 호기심 가득한 눈동자는 그대로였다.

"블랙홀은 분명 엄청난 중력을 가지고 있습니다. 하지만 그건 압력만으로 마나를 뭉쳐서 압축할 때 필요한 중력이죠."

"네? 그게 무슨 말씀……!"

재중의 말에 되묻던 카디스는 무언가 스치듯 뇌리에 떠오르는 것이 있는 듯했다.

그는 놀란 표정으로 재중을 쳐다보며 입을 열었다.

"마나를… 뭉치는 공정을 따로 나눈다면… 물체화하는 것에 필요한 중력은 적을 수도 있겠군요."

"빙고~"

재중이 정답을 맞혔다는 듯 씨익 웃었다.

"그럼 마나를 강제로 끌어당겨 머금을 수 있는 것을 알람 녀석은 가지고 있다는 것이군요."

"맞아요."

재중이 정확하게 핵심을 파고든 카디스에게 웃으면서 대답했다.

"천재군요."

카디스는 알람이 어느 정도의 천재인지 다시 한 번 느낄 수가 있었다.

자신들이 편안함에 몸이 익숙해지는 사이, 라스푸틴은 왕성하게 활동했다.

그런데 라스푸틴 그 한 사람뿐만이 아니었다.

자신들은 도저히 생각지도 못한 발상의 전환을 가진 알람이라는 제자까지 있다고 한다.

그들은 왠지 자신들이 바보처럼 느껴졌다.

재중도 그런 카디스의 생각에 동의했다.

"확실히 천재는 천재입니다. 마나를 물체화한다는 발상 자체는 확실히 기발하니까요. 거기다 마나 무기는 마나를 활성화해서 한 번 사용하고 나면 다시 자연의 마나로 되돌아갑니다. 이게 무슨 뜻인지 아시죠?"

"완벽한 암살 무기군요."

특수요원 출신인 카디스는 재중이 바라는 답이 무엇인지 바로 알아차렸다.

물론 자신이 당해봤기에 바로 생각한 것이긴 했다.

알람이 이 마나 무기로 사람을 죽인다고 해도 증거가 남지 않는다.

마나 무기는 1회용인 데다 한 번 사용하고 나면 자연의 마나로 되돌아 가버리는 특징이 있다.

사람을 죽여도 죽인 무기를 발견하지 못하면 말짱 도루 묵이다.

거기다 이 무기는 믿을 수 없을 정도로 강력하다.

수십 명의 보디가드가 둘러싸고 있어도 아무런 소용이 없을 정도의 위력을 갖고 있었다.

무려 2층에서 지하까지 수박만 한 구멍을 뚫어버리는 위력의 마나 무기다.

그 앞에서 경호원이 아무리 많고 방탄복을 입었다 한들 무슨 소용이 있겠는가.

아니, 설사 탱크를 타고 있다고 해도 소용없을 것이다.

마나 무기는 물체화한 마나 무기가 활성화되는 순간부터 닿는 모든 것을 가루로 만들어 버린다.

그 어떤 방패도 뚫어버리는 창.

그것이 바로 알람이 만든 마나 무기였다.

재중도 대륙에서조차 상식을 벗어난 무기였기에 놀란 것이다.

본래 마나 무기는 드래고니안을 상대하기 위해서 만들 어졌었다.

물론 강도가 약해서 결국 실패했지만 말이다.

하지만 그 실패한 마나 무기조차 만들기 쉽지 않았

다. 무기를 만드는 데 필요한 전제 조건 자체가 갖추기 어려웠으니 말이다.

우선 당시 대륙에서도 마나 자체를 무기화하는 데에는 베르벤 정도의 마도사급의 고위마법사가 필요했었다.

더구나 마나석이라는 특수한 재료 또한 있어야만 하는 까다로운 무기였다.

물론 재중이야 마나를 다루는 능력이 압도적이기에 허공에서도 만들어낼 수 있다.

하지만 대륙의 베르벤조차 마나석이 아니면 만들기 불가능한 마나 무기였던 것이다.

그것을 지구에서 만들어냈으니 재중도 긴장할 수밖에 없었다.

대륙에서도 몇 명 없는 고위마법사인 베르벤조차 마나석 없이 마나 무기를 만드는 데 실패했었다.

그런데 하물며 대륙도 아니고 마법의 발달이 미비한 지구에 있는 4서클의 알람이라는 녀석이 해냈다.

타고난 천재, 이 말 외에는 설명할 길이 없었다.

"흑마법의 길로 빠지지 않았다면 좋았을 것을……."

카디스는 순수하게 알람이라는 녀석의 재능만큼은 인정하는 표정이다.

만약 마나의 인도자들 손에 자랐다면 마나의 인도자의

역사를 뒤집을 만한 천재이다.

어쩌면 자신들의 시조를 제외하고 가장 높은 경지에 올라갈지도 모를 녀석이다.

"적은 적일 뿐입니다."

카디스의 그런 눈빛을 읽은 재중이 나직하게 한마디 하면서 자리에서 일어섰다.

"험험, 알고 있습니다."

카디스는 자신의 생각이 읽혔다는 것이 부끄러운지 고개를 돌렸다.

재능이 아깝긴 하지만 흑마법과 자신들은 절대로 한 공간에서 살아갈 수 없는 존재였다.

Chapter 03
습격

재중귀환록

"바네사?"

연아는 찾아도 보이지 않던 바네사가 문을 열고 들어오자 언제 나갔느냐는 표정으로 물었다.

"잠시 예전에 알고 지낸 지인을 만났습니다."

"지인이면… 친구예요?"

바네사가 외국 사람이기에 충분히 있을 수 있는 일이라는 생각에 연아가 물었다.

"등을 맡길 수 있는 친구입니다."

"굉장히 친했나 봐요?"

바네사가 전직 킬러라는 것을 모르는 연아다.

그래서 킬러 출신인 바네사가 말하는 자신의 등을 맡길 수 있다는 표현이 얼마나 대단한 것인지 이해하지 못했다.

그저 어릴 때부터 같이 자라온 소꿉친구 정도로 가볍게 생각한 것이다.

"네. 그보다 오빠분에게서는 아직 연락이 없나요?"

바네사는 재중이 연아를 얼마나 끔찍이 생각하는지 알기에 연아에게 재중에 대해 물었다.

"모르겠어요. 오빠는 도대체 어디서 뭘 하는 건지⋯⋯."

연아는 재중 이야기가 나오자 금방 시무룩해졌다.

재중이 마법사라는 것은 알고 있지만, 그것뿐이다.

사실 연아는 재중이 무엇을 하는지 전혀 아는 게 없었다.

그러니 재중이 아무리 강하다고 해도 연아는 걱정할 수밖에 없다.

반면 바네사는 연아의 대답에 슬쩍 보이지 않게 미소를 그렸다가 지웠다.

'아직은 안전하다는 뜻이군.'

전혀 다른 세상을 살아온 바네사다.

한동안은 연아의 개인 비서로 평화로운 세상에 적응해 있었지만 그 본성이 완전히 사라진다는 건 불가능한 얘기였다.

　그래서일까?

　간만에 느낀 이런 긴장감 때문인지 킬러로서의 본능이 눈뜬 바네사였다.

　바네사의 본능은 지금 연아의 반응만으로도 아직은 연아와 천서영, 그리고 자신이 안전하다고 판단했다.

　무슨 일이 생기면 재중은 무조건 연아부터 챙길 것이 뻔하다.

　그런 재중이 아직 조용하다면 연락만 하지 못할 뿐 둘 다 안전한 곳에 있다는 뜻이다.

　그리고 그런 바네사의 판단은 정확했다.

　'하지만 언제까지 안전하리라는 보장은 없어. 아무리 괴물 같은 선우재중이라도 결국 둘 아니면 셋이야. 만약 상대가 숫자로 밀어붙이면……'

　바네사는 지금보다 앞날을 걱정했다.

　재중이 괴물 같은 무력을 가지고 있다는 것은 처음부터 알고 있었다.

　애교를 떨면서 살아남은 자신이다.

　물론 처음에는 그게 억울했었다.

하지만 연아와 지내면서 어쩌면 재중과의 만남이 인생의 전환점이 될지도 모른다는 생각이 들었다.

그때부터 억울함은 눈 녹듯이 사라지고 심경에 변화가 생겼다.

하지만 이번에는 달랐다.

바네사 본인도 놀랄 만큼 그동안 킬러로서 살아온 경험이 경고를 보내오고 있었다.

자신의 이 평화와 행복을 지키려면 준비해야 된다고 말이다.

상대가 그저 킬러와 같은 녀석들이라면 바네사도 걱정하지 않았을 것이다.

하지만 마나의 인도자와 같은 녀석들이라는 것을 알게 되자 스스로가 준비해야 된다는 생각이 든 것이다.

그래서 바네사는 걱정이 든 순간에 곧바로 예전에 소식이 끊어진 동료들을 찾기 시작했다.

누구보다 믿을 수 있는 녀석들이다.

정보.

지금 세상에 아무리 강한 힘과 권력, 재력이 있다고 해도 정보만큼 중요한 것은 없다.

그것은 평소 바네사의 생각이었다.

그래서 바네사는 옛 동료를 만나자마자 곧바로 정보를

모으기 시작했다.

마나의 인도자들과 싸우는 상대에 대해서 말이다.

재중이 마나의 인도자들과 싸우는 이상, 연아가 위험하게 될 것이라는 건 필연적인 사실이다.

'그 괴물이 아무런 생각 없이 연아 씨를 이곳에 따로 두진 않았을 거야. 심지어 애인도 같이. 하지만 그래도 준비는 철저히 할수록 좋지.'

누가 시켜서가 아니다.

오로지 바네사 본인을 위해서 연아의 안전을 지키기 위해 움직이기 시작한 것이다.

연아가 안전해야 자신도 안전했다.

"그보다 심심하네."

연아는 호텔에 몇 시간째 있다 보니 심심한 듯 투정을 부리기 시작했다.

물론 어린애가 아니니 무작정 고집을 부리면서 밖으로 나가진 않았다.

하지만 당장에라도 누가 나가자고 건드리기만 해도 따라갈 것 같은 표정이다.

"참아야지. 재중 씨가 위험할지도 모르는데. 마냥 놀고 있는 것도 아니잖아요, 언니."

천서영이 연아의 투정에 공감은 하지만 어쩔 수 없다는

듯한 표정으로 말했다.

"알아, 나도. 하지만 여기라고 안전할까?"

연아의 뜬금없는 말에 천서영이 고개를 갸웃거렸다.

"그렇잖아. 상대는 마법사라고 하는데, 그런 사람들이 호텔이라고 못 온다는 것은 뭔가 이상한 것 같아서 말이야."

"……!!"

순간 바네사가 무언가 깨달은 듯 자리에서 벌떡 일어섰다.

그리곤 품에서 작은 동전 크기만 한 것을 꺼내더니 사방으로 던졌다.

탁탁탁탁탁!!

물건이 마치 자석처럼 벽과 천장, 그리고 바닥에 달라붙었다.

제대로 붙은 것을 확인한 바네사가 손뼉을 강하게 한번 쳤다.

짝!!

찌이이이이이잉!!

바네사가 던진 동전 모양의 물건에 붉은 점이 깜빡거리면서 저절로 작동하기 시작했다.

"그게 뭐예요?"

연아가 바네사의 돌발 행동에 놀라며 물었다.

"경보기입니다."

"경보기?"

"네. 사실 마법사의 존재는 정보를 다루는 사람이라면 오래전부터 알고 있어왔습니다. 물론 대항할 수는 없지만 그래도 경보기 정도는 만들어낼 기술이 있죠."

"그럼 마법사가 오면 저게 경보를 울린다는 거예요?"

연아가 바네사가 붙인 경보기를 가리키면서 물었다.

"만약 마법사가 주변에 나타나면."

삐이이이이익!!

그때, 방금 붙인 경보기가 귀가 찢어질 만큼 강한 경고음을 울렸다.

"……!!"

후다다닥!!

잠깐 놀란 표정을 짓던 바네사가 그대로 천서영과 연아를 강하게 벽으로 밀어붙였다.

삐이이이이!!

"뭐예요? 설마 저 소리가……!"

"네, 경보기가 작동했습니다."

"……."

"……."

천서영과 연아는 놀란 표정으로 입을 다물었다.

설마 바네사가 경보기를 설치하자마자 경보기가 울릴 줄은 몰랐던 것이다.

사실 일이 이렇게 될 거라고 예측하지 못했던 건 바네사도 마찬가지였다.

설마 이렇게 타이밍이 좋을 줄 누가 알았겠는가.

만약 연아가 호텔이라고 마법사가 오지 못한다는 게 이상하다는 말을 하지 않았다면 경보기를 설치하지 않았을지도 모른다.

물론 경보도 없었을 테니 기습을 받았을 것은 당연했다.

"이런, 이런. 설마 하니 이걸 가지고 있을 줄이야."

딱!

펑펑펑펑펑!!

그리고 역시 경보기는 거짓말을 하지 않은 듯했다.

갑자기 허공에 투명한 빛이 아른거리더니 시커먼 로브를 뒤집어쓴 남성의 목소리를 가진 자가 모습을 드러냈다.

물론 시끄러운 경보기도 처리하면서 말이다.

"누구냐?!"

바네사가 잔뜩 경계하는 눈빛으로 검은 로브의 남자를

향해 소리쳤다.

"후후후훗, 그냥 조용히 저년만 데리고 갈 생각이었는데 설마 하니 마나 경보기를 가지고 있었을 줄이야. 바네사라고 했나? 너, 어디 소속이지?"

로브의 남자는 바네사가 마나 경보기를 가지고 있다는 것에 흥미로운 듯 물었다.

하지만 바네사는 입을 다물었다.

"음, 말하기 싫은 모양이군. 그럼 내가 맞혀볼까? 영국은 아니야. 프랑스도 아니고. 오~ 미국이구만. 그럼 CIA군."

"……."

로브의 남자가 장난치듯 말하자 바네사의 표정이 심하게 찡그려지기 시작했다.

"바네사… 설마 CIA 요원이에요?"

이미 MI6 요원도 만났기 때문인지 연아는 CIA라는 말에 그리 큰 반응은 보이지 않았다.

"네. 물론 이미 그곳을 떠났지만요."

세상에 바네사가 전직 CIA 요원이라는 것을 아는 사람은 불과 손가락에 꼽을 정도이다.

워낙에 비밀 임부를 부여받아 움직였었고, 첫 임무 수행 중 CIA 내부에서 배신자가 생기면서 바네사는 버려졌다.

한마디로 바네사는 존재하지 않는 사람이 되어버린 것이다.

그것도 자신을 키워준 CIA로부터 버림을 받았고 말이다.

그길로 바네사는 킬러의 인생을 살기 시작했다.

바네사는 킬러로 살면서 자신의 존재를 아는 사람을 모두 암살해 버렸다.

물론 당시 배신자도 함께.

그래서 더 이상 자신의 과거를 아는 사람이 없을 것이라고 생각했다.

그런데 엉뚱한 곳에서 과거가 밝혀지고 만 것이다.

당연히 표정이 좋지 않았다.

'설마 경보기만으로 소속을 알아낼 줄이야.'

마나 경보기는 혹시라도 마나의 인도자들과 마주할 경우 대치를 피하고 도주하기 위한 용도였다.

때문에 어느 정도 특수한 임무를 받은 요원들은 모두 지급받았다.

사실 마나에 반응하는 것 외에는 아무짝에도 쓸모없는 물건이었다.

거기다 1회용이어서 한 번 쓰고 버렸다고 하면 그만이었기에 그동안 가지고 있던 것이다.

설마 이런 식으로 유용하게 쓰일 줄은 바네사도 몰랐다.

"후후훗, 버려진 것인가?"

로브의 남자는 눈치도 빨랐다.

바네사의 표정에서 떠난 것이 아니라 버려진 것이라는 것을 읽고 비웃듯 말했다.

"그게 어쨌다는 거지?"

바네사는 더 이상 연아의 개인 비서가 아니었다.

이미 예전 재중과 만날 당시 킬러의 눈빛으로 완전히 돌아와 있었다.

아무리 한동안 평화에 물들었다고 해도 바네사는 세계 랭킹에 올라 있던 킬러이다.

그러다 보니 지금 같은 위기 상황에 자연스럽게 킬러의 모습이 드러난 것이다.

킬러만큼 생존 본능이 강한 직업도 없다.

"크크크큭, 버려진 CIA 요원이 비서로 있는 여자라……. 왠지 점점 더 궁금해지는데? 거기다 선우재중의 여동생이라니… 아주 좋아. 후후후후훗."

애초에 로브의 남자는 연아가 재중의 동생이라는 것을 알고 있었다.

원래 그의 계획은 연아가 혼자가 됐을 때 조용히 납치

하는 것이었다.

그러기 위해 처음 연아가 호텔로 들어올 때 따라 들어왔었다.

중간에 마나의 인도자들이 끼어들어 잠시 몸을 숨긴 사이 연아를 놓치기도 했었다.

하지만 결국 찾아냈다.

물론 바네사의 마나 경보기가 없었다면 이렇게 발각될 일도 없었을 것이다.

그는 그 누구도 모르게 연아를 납치할 생각으로 목적을 달성할 때까지 투명화 마법으로 몸을 감추고 있을 생각이었으니 말이다.

"그만. 나도 여러 가지로 일이 바빠서. 저년을 데리고 가고 싶은데 방해할 건가?"

딱 봐도 현재 연아와 천서영, 그리고 바네사 중에 전투력을 가진 사람은 바네사가 유일했다.

자연히 검은 로브의 남자가 묻는 대상도 바네사일 수밖에 없었다.

챙!

바네사는 대답 대신 양쪽 발목에서 두 자루의 단검을 꺼내 로브의 남자를 겨누었다.

"후후후훗, 내가 누군지 알고 있으면서도 반항하겠다는

거군."

마법을 배운 이후로 지금 바네사처럼 자신을 앞에 두고 반항하는 사람은 처음이다.

로브의 남자는 흥미롭다는 듯 웃었다.

하지만 그와는 달리 바네사는 지금 등에 온통 식은땀이 흘러내리는 중이다.

상대는 마나의 인도자들과 같은 마법사이다.

아무리 특수훈련을 받은 요원이라도 마법사의 손짓 한 번이면 시체도 남기지 못하고 죽을 수도 있다는 것을 바네사는 잘 알고 있었다.

하지만 그렇다고 여기서 그냥 연아를 넘긴다는 것은 도저히 스스로 용납할 수 없었다.

버림을 받아본 경험 때문일까?

바네사는 한 번 자신의 품에 들어온 사람을 포기할 수 없었다.

"크크크크큭, 마음껏 반항해 봐. 혹시 아나? 내가 시체는 남겨줄지. 크크크큭."

그러면서 검은 로브의 남자가 손을 들어 올리자,

슈아아악!!

손바닥에 검은색의 구체가 생기더니 동시에 호텔방 안의 공기가 무거워지기 시작했다.

"욱! 뭐예요, 이게?"

"언니, 나도 잘……."

천서영과 연아는 갑자기 왜 어깨가 무거워지는지 이유를 몰라 당황해 외쳤다.

그런데 그들과 달리 바네사는 그 원인을 알고 있는 듯 두 사람에게 조용히 말했다.

"마법사가 마법을 사용하면 주변 공기가 무거워집니다. 이유는 잘 모르지만."

"크크큭, 잘 알고 있구만. 나중에 죽어서 동료에게 물어 봐. 혹시라도 그 이유를 아는 동료가 있는지 말이야. 크크 크큭."

펑!

순간 공기가 움직이는 듯한 소리가 들렸다.

동시에 검은 로브의 남자 손바닥에서 맹렬히 회오리치던 검은 구슬이 살아 있는 듯 그대로 바네사를 향해 날아오기 시작했다.

"바네사!!"

"언니!!"

재중이 보여준 손에서 불을 만들어내는 것과는 차원이 달랐다.

온몸을 짓누르는 공기의 무게부터가 그랬다.

본능적으로 저 검은 구슬에 닿으면 죽는다는 느낌을 받은 연아와 천서영은 눈을 질끈 감았다.

그러나 바네사는 두 사람과 반대로 대검을 양손으로 교차해 몸을 날렸다.

그녀는 어떻게든지 조금이라도 연아에게 피해가 적게 가길 바라는 마음에 오히려 몸을 움직여 검은 구슬을 향해 뛰어들었다.

"자신을 희생하겠다는 건가? 크크큭, 웃기지도 않는 짓이군."

하지만 검은 로브의 남자는 오히려 웃고 있었다.

왜냐하면 저 블랙 미사일은 처음부터 바네사와 천서영을 죽인 다음 사라지도록 만든 것이었다.

즉 바네사가 뛰어들어 봐야 소용없는 짓이었다.

그에게 필요한 것은 선우연아 오직 한 사람뿐이었으니 말이다.

픽!!

"응?"

그런데 황당한 일이 벌어졌다.

바네사가 블랙 미사일을 향해 뛰어들어 거의 닿을 무렵, 갑자기 블랙 미사일이 산산이 부서지면서 허공에 흩어져 버린 것이다.

"뭐지?"

검은 로브의 남자는 자신의 마법이 깨졌다는 것에 놀란 눈을 감추지 못했다.

당연히 그는 원인을 찾았지만 아무것도 느낄 수가 없었다.

결국 그는 아무것도 찾지 못하고 의심스러워하는 눈으로 바네사를 쳐다보았다.

'뭐야, 이건?'

그러나 바네사도 검은 로브의 남자와 같이 황당한 것은 마찬가지인 것이다.

바네사는 자신이 아직 살아 있다는 것에 어리둥절한 표정을 짓고 있었다.

—겨우 블랙 미사일이라니 웃기고 자빠졌네.

"……!"

그때 갑자기 허공에서 목소리가 들리더니 바네사 옆으로 굉장한 미녀가 모습을 드러냈다.

"테라 님."

바네사는 이미 누군지 알고 있기에 조용히 테라를 불렀다.

—수고했어. 이후는 우리가 맡도록 하지.

테라가 바네사를 향해 손짓하자,

둥실~

바네사의 몸이 갑자기 허공에 떠오르더니 뒤쪽으로 날려가 사뿐히 내려섰다.

"알겠습니다."

재중만큼이나 바네사가 두려워하는 존재가 있다면 아마 테라일 것이다.

바네사는 한 번 테라의 눈동자에 흘러넘치는 살기를 본 적이 있다.

"연아 씨와 서영 씨는 어떻게 된 겁니까?"

바네사는 연아와 천서영이 벽에 기댄 채 잠들어 있는 모습에 물었다.

─어차피 작은 마스터와 천서영이 알아서 좋을 게 없잖아? 안 그래? 이제부터 피보라가 몰아칠 텐데. 후후후후훗.

"네."

맞는 말이었다.

킬러로 살아온 과거가 있는 그녀와 달리 천서영과 연아는 평범한 사람이다.

반면, 갑자기 나타난 미녀를 본 검은 로브의 남자는 큰 소리로 테라에게 물었다.

"누구지? 마나의 인도자 중에 너 같은 미녀는 본 적이 없는데."

직접 두 눈으로 보았기에 테라가 바네사를 뒤로 보낸 것이 마법이라는 것을 눈치챈 듯했다.

그리고 당연히 마법을 쓸 줄 아는 대상이라면 경계하지 않을 수 없었다.

그가 날카롭게 눈을 뜨고 테라를 향해 물었지만 테라는 대답 대신 웃으며 되물었다.

─후후후훗, 그런데 그거 알아?

"……?"

갑자기 테라가 장난스럽게 물어보는 모습에 검은 로브의 남자의 눈빛이 움직였다.

─나보다 더 열 받은 녀석이 있다는 거.

콰직!!

"크악!!"

테라의 말이 끝나자마자 기다렸다는 듯 검은 로브의 남자의 왼쪽 무릎이 터져 나갔다.

마치 무언가로 내려친 것처럼 말이다.

"크악!! 뭐야, 이건?!"

검은 로브의 남자는 몹시 당황했다.

마법을 배운 이후로 지금까지 이런 고통을 받은 적이 없었다.

거기다 낌새를 느낄 사이도 없이 당했다.

완전히 터져 버린 무릎, 그리고 마치 푸줏간의 고기처럼 뒤쪽에 내동댕이쳐진 자신의 다리를 보았지만 수습할 정신도 없었다.

당장은 고통이 먼저였으니 말이다.

Chapter 04
수준이 다른 무력

재중귀환록

콰직!!

그런데 그게 끝이 아니라 시작이었다.

나머지 무릎도 터져 버린 것이다.

그리고 왼쪽 팔뚝도, 오른쪽 팔뚝도.

마치 장난감이 터지듯 사지 전체가 너무나 가볍게 터져 버렸다.

"너, 너, 뭐야! 도대체!!"

사방에 피를 흘리면서 고통에 발버둥치는 검은 로브의 남자 눈앞에 검은 그림자와 같은 것이 모습을 드러냈다.

흑기병이었다.

그는 피가 뚝뚝 떨어지는 주먹을 쥐고 있었다.

─내가 말했을 텐데. 우리에게 맡기라고 말이야. 후후 후후훗.

그랬다.

테라는 처음부터 혼자라고 말한 적이 없었다.

드래고니안과도 맞짱을 떠서 드래고니안을 죽인 흑기 병이다.

그런 흑기병에게 겨우 3서클의 흑마법사는 식후 산책거 리보다 못했다.

─하지만 네가 죽으면 내가 곤란해.

덥석!

흑기병이 팔다리를 잃어버린 검은 로브의 남자의 목을 쥐고 들어 올리자,

─힐링~

마치 선심 쓰듯 테라가 치료마법을 사용했다.

동시에 수도꼭지에서 흘러내리는 물처럼 흐르던 피가 감쪽같이 멈추었다.

하지만 이미 많은 피를 흘린 탓인지 흑마법사의 안색은 그다지 좋지 못했다.

─죽지만 않으면 돼. 죽지만. 후후훗.

지금이야 곧 죽을 것처럼 보이지만 그래도 3서클의 마법사다.

일반적이라면 흑마법을 사용하는 흑마법사에게 완전 다른 속성의 마법을 사용한 게 문제될 수도 있다.

하지만 바로 아무런 문제가 보이지 않았다는 것은 테라의 마법이 이미 흑마법을 뛰어넘었다는 증거이기에 걱정할 필요는 없었다.

그것을 증명하듯 몇 분이 지나자 금방이라도 죽을 것처럼 헐떡이던 검은 로브의 남자 안색이 조금씩 정상으로 돌아오기 시작했다.

남자의 상태를 확인한 테라가 흑기병을 향해 고개를 끄덕이자,

스르륵.

흑기병이 녹아내리듯 사라져 버렸다.

그리고 그런 모습을 뒤에서 쭉 지켜본 바네사는 황당함에 입을 다물지 못했다.

마법사가 어떤 존재인가.

사람이 아니라는 말까지 나오는 그들이다.

그런데 지금 테라와 흑기병은 그런 마법사를 무슨 호랑이가 닭을 잡듯 너무나 쉽게 처리해 버렸다.

그것도 채 1분도 걸리지 않았다.

'괴물은 부하도 괴물이구나.'

재중과 테라만 괴물인 줄 알고 있던 바네사였다.

그녀가 흑기병을 본 것은 오늘이 처음이다.

비록 첫 만남이지만 보이지 않는 공격으로 마치 수수깡처럼 적의 팔다리를 터뜨리는 흑기병의 무력에 이미 기가 질려 버렸다.

─후후훗, 확실히 마음을 고쳐먹은 것 같네.

방금 전까지 검은 로브의 남자를 잔인하게 처리했는데 지금은 바로 조금 전 그 믿어지지 않을 만큼 상큼한 미소를 보이는 테라다.

그런 테라를 본 바네사도 결국 피식 웃으면서 일어섰다.

상대가 괴물이면 이해하는 것을 포기하는 것이 가장 현명하다.

바네사는 그냥 머릿속을 비워 버렸다.

"저도 킬러가 되고 싶어 된 것이 아니에요."

그랬다.

사실 킬러가 되고 싶어서 되는 사람이 몇이나 되겠는가?

정신이 미치지 않고서야 사람 죽이는 직업을 좋아할 리가 없다.

거기다 뒤늦게 밝혀진 바네사의 전 직업만 봐도 알 수

있다.

전직 CIA 요원이 킬러가 되는 것 자체가 아이러니한 일이다.

하지만 테라는 왜 바네사가 킬러의 길을 택했는지 충분히 이해가 되었다.

자신을 버린 자들에게 복수하려면 킬러만큼 확실한 직업도 없다.

다만 킬러라는 직업이 한번 발을 담그면 빠져나올 수 없는 늪이라는 것이 문제지만 말이다.

바네사는 그 사실을 깨닫는 게 늦었을 뿐이다.

―음, 뭐 그래도 너라면 이 정도는 괜찮겠지.

테라는 다른 것은 몰라도 바네사가 자신의 목숨을 걸고 연아를 지키려 했다는 것에 확실히 강한 인상을 받았다.

그리고 그를 통해 바네사가 완전히 마음을 돌려먹었다는 것도 확인할 수 있었다.

결국 테라는 바네사를 어중간한 비서보다는 능력 있는 비서 겸 보디가드로 만들기로 계획을 바꾸었다.

―이거 받아.

휘리릭!

테라가 손짓하자 허공에서 갑자기 두 자루의 커다란 군용 대검 크기만 한 단검이 튀어나왔다.

단검은 바닥에 떨어지지 않고 튀어나온 그대로 허공에 떠 있다.

"……."

이제는 단검 두 자루가 허공에 떠 있는 정도는 놀랄 일도 아니다.

바네사는 평소의 표정으로 그 광경을 쳐다보고만 있었다.

─이거면 방금 전의 허접 정도는 그냥 썰어버릴 수 있을 테니까 받아.

휘리릭!!

테라가 손가락을 바네사에게 향하자 두 자루의 단검이 바네사를 향해 저절로 날아갔다.

단검은 바네사의 코앞에서 멈췄다가 힘없이 바닥으로 떨어졌다.

푹푹.

그런데 황당하게도 대리석으로 만들어진 바닥에 마치 두부를 자르듯 자루까지 박혀 버린다.

─후후훗, 네 거야.

"주시는 겁니까?"

바네사는 대리석에 자루까지 박혀들어 간 두 자루의 단검을 바라보았다.

─용기의 대가라고 생각해. 그리고 나의 마스터는 한번 자기 사람이라고 생각하면 배신하기 전까지는 믿는 편이니까 이 정도는 내 재량껏 할 수 있어.

"알겠습니다."

바네사는 테라가 준 단검을 굳이 거부하지 않았다.

조금 전 자신이 얼마나 무력한지 뼈저리게 느꼈기 때문이다.

또한 지금까지 자신이 얼마나 우물 안의 개구리였는지도 깨닫게 되었다.

천외천.

하늘 밖의 또 다른 하늘을 본 것이다.

처음 적으로 대한 마법사의 강함은 이전 바네사가 겪어 왔던 적들과는 수준이 달랐다.

하지만 그런 강함조차 어른이 아이를 짓밟듯 가볍게 밟아버리는 재중과 테라의 무력은 충격적이었다.

찌잉!!

"큭."

바네사가 단검을 뽑아 들려고 양손으로 잡는 순간, 무언가 강한 이명 같은 소리가 들렸다.

─괜찮아. 너를 주인으로 인식하는 과정이니까.

"네, 알겠습니다."

마치 기다렸다는 듯 테라가 해준 설명에 바네사는 놀라서 놓치려던 단검을 잡은 손에 힘을 주었다.

그리고 몇 분이 흘렀을까?

더 이상 이명이 들리지 않자,

쑤욱~

너무나 가볍게 단검을 뽑아 들 수 있었다.

─그거 살아 있는 녀석이야. 네가 원하지 않으면 두부도 자를 수 없지. 하지만 네가 마음만 먹으면 말이야.

휘리릭!!

갑자기 테라의 손에 공기가 휘감기더니 눈에 확연히 보일 만큼 큰 축구공만 한 푸른 구슬이 만들어졌다.

─받아.

그리고 장난치듯 그걸 바네사에게 던지는 테라였다.

"컥!!"

바네사는 테라가 만든 것이 방금 전 검은 로브의 남자가 만든 블랙 미사일과 같은 것이라는 것을 본능적으로 느낄 수 있었다.

바네사가 새로 받은 단검을 쥔 손에 힘을 주었다.

치직!!

그러자 갑자기 단검에 스파크가 일었다.

펑!

그리고 몸이 기억하는 동작으로 얼떨결에 새로 받은 단검으로 테라의 매직 미사일을 막은 바네사는 놀란 표정을 감추지 못했다.

"막았어, 그걸."

세상의 그 어떤 것보다 무섭던 마법을 겨우 단검 두 자루로 막은 것이다.

그리고 자신의 양손에 쥐어진 단검을 보자,

치치치칙!!

마치 살아 있는 듯 단검의 검신에 번개가 회오리치고 있다.

—한때 영웅으로 불리던 인간이 가지고 있던 거니까 잘 사용해. 그럼 이만 안녕~

마치 별것 아닌 것을 준 듯 대수롭지 않은 말투였다.

테라는 놀란 바네사는 내버려 둔 채 그대로 바네사의 눈앞에서 흑기병과 같이 사라져 버렸다.

"후후후훗, 후후후훗."

테라가 사라지자 바네사는 갑자기 입가에 미소를 짓더니 그대로 검에 준 힘을 풀었다.

칫!

그러자 검신을 맹렬하게 휘감고 있던 번개가 순식간에 사라졌다.

동시에 세상의 모든 것을 베어버릴 것 같던 검신에서도 아무런 날카로움이 느껴지지 않았다.

꾸욱.

"진짜네. 손가락을 아무리 칼날에 문질러도 베이지 않아."

혹시나 하는 마음에 아무것도 베고 싶지 않다는 생각을 하면서 칼날에 손가락을 문질렀는데 상처가 생기지 않았다.

"하, 킬러 관두길 잘했네."

테라가 준 단검, 이것은 지금까지 바네사가 알던 무기에 대한 상식을 완전히 바꿔 버렸다.

그만큼 상상을 벗어난 무기였으니 말이다.

일반적인 힘을 가진 바네사에게 마법사라는 새로운 적은 부담을 넘어 언제 죽을지도 모른다는 압박감을 줄 수밖에 없었다.

하지만 테라에게 얻은 이 마법을 막는 무기는 다시금 자신감을 불어넣어 주기 충분했다.

치이익~

바네사가 원래 사용하던 단검을 보관하던 종아리의 검집을 열고 테라에게 받은 단검을 넣자,

"딱 맞아."

마치 테라가 미리 알고 준비한 것처럼 기존에 쓰던 단

검과 크기가 똑같았다.

"이제 깨워야지."

상황이 끝났으니 연아와 천서영을 깨우기로 생각한 바네사가 고개를 돌리자,

"으음… 으음……."

부스럭부스럭.

딱 맞춰서 천서영과 연아가 잠에서 깨어나고 있었다.

그녀들을 본 바네사가 입가에 미소를 지었다.

이제부터 진짜 싸움이 시작된다는 것을 충분히 인식하고 있었다.

하지만 위험하기 짝이 없을 그 싸움이 어째서인지 기다려지기 시작한 것이다.

CIA 요원이자 킬러이던 그녀의 과거 때문일 수도 있다.

아니면 자신도 몰랐지만 바네사는 본래 위기를 즐기는 성격이었는지도 모른다.

어느 쪽이든 모를 일이었다.

*   *   *

'결과는?'

재중이 나직하게 묻자 테라가 미소를 지으면서 대답했다.

―깡통이 조금 흥분해서 팔다리를 날려 버렸지만, 살아
있는 상태로 확보했어요, 마스터.

재중은 테라의 대답에 입가에 미소를 지었다.

드디어 꼬리를 잡은 것이다.

재중의 예상대로 녀석들이 움직였다는 것도 지금 재중
의 기분을 흡족하게 하는 데 충분한 역할을 했다.

―작은 마스터는 모르고 있는 게 좋겠죠?

'후후훗, 모르면 되는 것을.'

―뭐, 그건 그렇죠. 마스터께서 작은 마스터를 미끼로
라스푸틴의 제자 중의 하나를 잡을 덫을 놓았다는 것을 아
직은 모르고 있는 눈치였거든요.

'상황을 가장 빠르고 안전하게 처리하기 위해서는 어쩔
수 없는 선택이었다는 것은 내가 인정했으니 넌 신경 쓸
필요 없다.'

―네, 마스터.

사실 재중이 한국을 떠날 때 테라가 은밀하게 한 가지
계획을 이야기한 적이 있다.

재중의 존재가 완전히 드러난 이상, 라스푸틴은 재중뿐
만 아니라 연아까지 노릴 것은 너무나 뻔하다고 말이다.

그래서 플랜 C 정도에 해당하는 작은 계획을 세웠다.

정확하게는 덫이라고 해야 할 것이다.

이 작전이 플랜 C에 해당한 이유는 바로 성공 가능성이 50% 정도이기 때문이다.

덫이라는 조건 자체가 상대가 자신의 생각대로 움직여줘야 효과를 발휘한다.

즉 걸리면 좋고 아니면 말고였다.

물론 재중으로서는 손해 볼 것이 없었다.

그런데 그리스에 와서 카디스가 습격을 받았다는 것을 재중이 느끼는 순간, 그들은 때가 왔다는 것을 알았다.

테라가 먼저 슬쩍 주변을 살펴 재중과 마나의 인도자들을 감시하는 녀석이 있다는 것을 감지한 뒤 플랜 C를 발동한 것이다.

물론 뜻하지 않게 바네사라는 믿음직한 부하가 생기기도 했다.

하지만 그건 부수적인 수입이다.

그것보다는 진짜 목표인 라스푸틴의 제자 중 하나로 보이는 녀석을 사로잡는 데 성공했다는 것이 중요했다.

'녀석은 얼마나 버틸 것 같지?'

재중이 이번에 잡은 검은 로브 남자의 상태에 대해 물었다.

—우선 제가 힐링을 먹여놔서 최소 며칠은 버틸 거예요.

'그럼 데리고 와.'

더 이상 지체할 이유가 없다.

재중이 나직하게 한마디 하고는 자리에서 일어서더니 모두를 불러 모았다.

"무슨 일이십니까?"

재중이 만든 마나 무기를 살펴보느라고 정신이 없는 사이먼들이었다.

사이먼은 재중이 자신들과 린다 마릴까지 부르자 고개를 갸웃거렸다.

"라스푸틴의 제자로 보이는 녀석을 잡았는데 궁금하지 않으신가요?"

장난기 섞인 미소를 보이며 재중이 물었다.

"……!"

"헉! 어디입니까?"

"이놈들을!!"

재중의 말이 떨어지기가 무섭게 헨기스트와 카디스의 눈에서 불꽃이 튀면서 살기가 폭발했다.

사이먼도 살기는 흘리지 않았지만 표정이 굳어지는 것은 마찬가지였다.

"정말 잡았어요?"

린다 마릴도 황당하다는 표정을 지었다.

재중은 이 안전가옥에서 한 발자국도 나간 적이 없었으

니 말이다.

입구 쪽은 안전가옥을 관리하는 요원 두 명이 지키고 있었다.

그 입구 외에는 이 건물에서 나가는 길은 2층에 있는 창문이 유일한 구조였다.

즉 1층은 요원들이, 2층은 린다 마릴 본인이 있기에 재중이 남모르게 나간다는 것은 불가능했다.

하지만 이상했다.

린다 마릴은 재중의 말을 듣는 순간 전혀 재중의 말에 의심이 가지 않았다.

"테라."

재중이 나직하게 한마디 하자,

쑤우욱!!

재중의 그림자에서 테라가 튀어나왔다.

그리고 그녀의 손에는 마법사에게 핵심인 서클 링까지 철저하게 파괴된 검은 로브의 남자가 매달려 있었다.

─하이~ 반가워요~

테라는 마치 동네 아는 사람 만난 듯 해맑게 웃으면서 재중을 제외한 모두에게 인사했다.

그리곤 마치 쓰레기 봉지를 던지듯 검은 로브의 남자를 그들의 시선이 모인 곳에 가볍게 던져 버렸다.

털썩!

꿈틀꿈틀.

다리도 잃고 팔도 잃은 녀석은 테라가 던지는 충격에 정신이 들었는지 어떻게든지 움직이려고 발버둥 쳤다.

하지만 아무리 애를 써봐도 일어서는 것조차 불가능한 모습이다.

"헛!!"

린다 마릴도 요원이다.

산전수전 다 겪어 어지간한 일에는 눈도 깜빡하지 않는다.

하지만 사람이 팔과 다리가 없는 모습으로 꿈틀거리는 모습은 아무래도 충격적인 듯 표정이 굳었다.

반면에 카디스, 헨기스트, 그리고 사이먼은 아무런 상관이 없는 듯한 표정이다.

"서클 링을 잃어버린 녀석이군요."

카디스가 가장 먼저 녀석의 심장을 살펴보고 재중에게 말했다.

"귀찮은 짓을 할 수 있으니까요."

재중은 당연하다는 듯 대답했다.

"제 손으로 부숴 버리고 싶었지만 다음에 또 기회가 있겠지요."

카디스는 익히 아는 녀석인 듯 녀석의 턱을 잡고 들어 올렸다.

"오랜만이네, 카일 군."

"헉! 카, 카디스!!"

카일은 카디스를 보자 사시나무 떨 듯 몸을 떨기 시작했다.

카디스가 추적하던 알람을 보좌하던 녀석이 바로 카일이었다.

카일과 카디스는 당연히 서로를 알고 있었다.

그리고 알람이 카디스를 공격할 때 카일도 그 자리에 같이 있었다.

"어떻게⋯ 살아 있는 거지?!"

카일의 눈에는 마시 저승사자를 본 것 같은 놀라움이 깃들어 있었다.

"내 명이 너무 길어서 말이야. 크크큭, 이런 날을 난 너무나 고대했거든."

원수는 외나무다리에서 만난다고 했던가?

그동안 자신을 무던히도 괴롭히고 지치게 만들던 카일을 본 카디스다.

그는 세상에서 가장 큰 선물을 받은 듯한 미소를 입가에 그리기 시작했다.

"재중 님, 이 녀석을 저에게 맡겨주시겠습니까?"

카디스가 재중에게 고개를 숙여 부탁했다.

"저는 어차피 도움을 드리기 위해서 녀석을 잡아온 것이니 마음대로 하세요."

"감사합니다."

재중의 허락이 떨어지자 카디스는 곧바로 린다 마릴을 보면서 물었다.

"린다 마릴 양, 조용한 곳을 원합니다."

마나의 인도자들을 이끄는 6인 중 하나인 카디스이기에 평소 마법사로서의 풍모가 짙었다.

하지만 지금은 과거 특수요원으로 한 시대를 풍미하던 눈빛으로 돌아와 있었다.

"지하실 옆에 조용한 곳이 있습니다."

린다 마릴은 카디스가 원하는 것이 무엇인지 아는 듯 곧바로 그를 안내했다.

그렇게 카디스는 카일의 목덜미를 끌고 사라져 버렸다.

그런데 카디스가 그렇게 사라지는데도 헨기스트와 사이먼은 전혀 움직이지 않고 있었다.

마치 모든 것을 카디스에게 맡겨도 된다는 듯 말이다.

"두 분은 가지 않으셔도 됩니까?"

재중이 당연히 셋이서 전의를 불태우면서 카일을 고문

할 것으로 생각했다.

"안타깝게도 저는 본래 교수를 하다가 마나의 길로 들어섰고, 헨기스트 이 친구도 저와 마찬가지입니다. 그러다 보니 사람을 고문하는 방법에는 전혀 문외한이라 어차피 카디스를 따라가도 도움이 되지 않을 것입니다."

한마디로 그들에게도 지금까지 지켜온 그들만의 룰이 있었던 것이다.

서로 잘하는 것을 끝까지 믿고 기다려 주는 것이다.

"하긴 그렇긴 하네요."

재중도 막상 카일을 고문하라고 하면 할 수 있는 게 없기는 마찬가지였다.

너무나 강한 무력 때문에 상대가 오히려 살아 있게 만들기 힘들었다.

그리고 애초에 고문이라는 것은 무조건 힘이 세다고 할 수 있는 것이 아니었다.

인간의 심리를 파고들어 고통을 주는 기술이 바로 고문이다.

처음부터 재중은 카일을 잡아도 자신이 어떻게 할 생각이 없었기에 고개를 끄덕였다.

Chapter 05
낭패

재중귀환록

"그보다 재중 님."

"네, 말씀하세요."

"조금 전에 그분은… 혹시…….."

헨기스트가 테라를 보고 무언가 느낀 것이 있는지 조심
스럽게 운을 뗐다.

그 모습에 재중이 피식 웃으면서 고개를 끄덕였다.

"네, 제 가디언입니다."

"역시…….."

지금까지 헨기스트가 살아오면서 테라 정도의 미모를

가진 여자를 보지 못한 것은 아니다.

하지만 그런 미모를 가진 여자가 자신들도 짐작하기 어려운 마법사의 힘을 가지고 있다는 것은 사실상 있을 수 없는 일이다.

그러다 보니 불현듯 재중이 드래곤이라는 것이 떠올랐다.

그때서야 테라가 전설로나 기록된 가디언일지도 모른다는 생각을 한 것이다.

가디언.

사실 헨기스트는 드래곤보다 오히려 가디언에 더욱 호기심이 생겼다.

왜냐하면 드래곤은 반신에 가까운 존재이기에 애초에 경외감 외에는 드는 것이 없었다.

하지만 가디언은 상황이 달랐다.

비록 드래곤을 지켜야 하는 제약에 묶여 있지만, 인간이 오를 수 있는 한계를 벗어난 능력을 가진 유일한 존재였으니 말이다.

가디언은 드래곤을 지키기 위해 존재했다.

당연히 드래곤을 지키려면 최소한 드래곤에 근접한 마법이나 무력을 가지고 있으리라는 것이 헨기스트의 평소 생각이었다.

헨기스트는 호기심이 가득한 표정으로 재중을 쳐다보았다.

재중도 헨기스트가 왜 그렇게 테라에게 호기심을 드러내는지 알고 있다는 듯 씨익 웃었다.

"마법만 보면 저도 테라를 상대로는 이기지 못합니다."

"헉!!"

마법을 인간에게 전해줬다고 알려진 드래곤이다.

그런 드래곤을 능가하는 마법 실력을 가디언이 가지고 있다는 재중의 말에 헨기스트는 피가 식은 듯 몸이 멈추었다.

헨기스트는 자신보다 높은 경지의 존재가 있다는 것을 눈으로 확인했다.

그러자 그동안 조용하던 무언가가 가슴속에서 꿈틀거리기 시작한 것이다.

더 높은 경지, 더욱 강한 마법을 향한 욕심이다.

재중이 헨기스트의 그런 생각을 모를 리 없었다.

짝!

돌연 재중이 헨기스트의 얼굴 앞에서 손뼉을 치자,

"헉! 왜 그러십니까?"

헨기스트는 재중의 눈동자가 왠지 싸늘하다는 느낌을 받으면서 조심스럽게 물었다.

"열망과 욕심을 구분하지 못한다면 결국 자신이 파멸할 뿐입니다."

"……."

정확하게 자신의 지금 생각을 들여다본 듯한 재중의 한마디에 헨기스트는 고개를 숙였다.

"죄송합니다."

갑작스런 드래곤의 등장.

그리고 자신들은 감히 상상도 할 수 없는 무력.

거기다 마법에는 드래곤인 재중도 한 수 접어준다는 테라의 등장.

이어진 일련의 사건은 결국 헨기스트의 마음속에 자신도 어쩌면 재중의 가디언이 된다면 저렇게 강해지지 않을까 하는 생각이 꿈틀거리게 했던 것이다.

물론 재중이 헨기스트를 가디언으로 받아들일 리도 없다.

애초에 인간에서 드래곤이 된 재중은 가디언을 만드는 방법도 몰랐으니 말이다.

이뤄질 수 없는 욕심일 뿐이었다.

그리고 탐구하는 마법사들에게 욕심은 가장 두려워해야 할 적이기도 했다.

결국 욕심 때문에 흑마법에 빠진 마법사로는 이미 라스

푸틴이라는 전례도 있다.

"여기로 받아들인 건 결국 여기로 나갑니다."

재중이 머리를 가리키고 이어 입을 가리키자,

"네, 가르침 감사합니다."

헨기스트는 재중이 말하는 게 뭔지 바로 이해한 눈치였다.

하긴 이미 마법사의 길로 들어서기 전부터 천재로 불리던 사람들이 바로 마나의 인도자였다.

"재중 님."

"네."

"저희를 어느 정도까지 도와주실 수 있습니까?"

헨기스트는 재중이 도와주기는 하지만 이상하게 한 발짝 물러나 있는 것을 느끼고 있었다.

카일을 잡았는데 바로 자신들에게 넘겨준 것이 결정적인 계기가 되었다.

헨기스트는 그 일을 통해 그동안의 자신의 느낌이 그냥 느낌만이 아니라는 것을 깨달은 듯했다.

"제가 전면에 나서면 어떻게 될까요?"

재중이 오히려 그런 질문을 해올 것을 기다렸다는 듯 되물었다.

잠시 생각한 헨기스트는 한숨을 내쉬었다.

"녀석들이 숨어버릴 수도 있겠군요."

헨기스트가 비록 외골수적이기는 하지만 확실히 6인의 한 사람답게 사태를 파악하는 능력이 뛰어났다.

재중은 고개를 끄덕였다.

"이미 라스푸틴은 저와 대면한 적이 있습니다. 물론 당시 제자의 눈을 통해서이지만 이미 저를 만난 순간 자신의 모든 흔적을 지워 버린 녀석입니다. 제가 전면에 나선다면, 그리고 드래곤이라는 것을 눈치라도 챘다면 아마 지금까지 자신과 관련된 모든 꼬리를 잘라 버리고 세상에서 감쪽같이 숨어버릴 수도 있어요."

"맞습니다."

재중이 굳이 말하지 않았다면 헨기스트를 비롯하여 사이먼도 미처 생각하지 못했던 것이다.

그저 재중의 힘이 있다면 그동안 자신들을 괴롭히던 라스푸틴을 깨끗하게 처리할 수 있다는 생각을 잠깐 했었다.

하지만 결과적으로 이것도 자신들의 욕심에서 비롯된 것이라는 것을 인정할 수밖에 없었다.

"물론 도움은 드릴 겁니다. 저도 녀석을 처리해야 하니까요."

연아에게 직접적으로 손을 뻗은 것이 확인된 이상, 재중에게 라스푸틴은 귀찮은 녀석에서 무조건 사라져야 할 녀석으로 등급이 올랐다.

"하지만 지금처럼 전면에는 여러분이 나서야 합니다. 상대가 만만해야 라스푸틴도 이빨을 보일 테니까요."

"……"

쫓겨난 라스푸틴이 마나의 인도자를 이끄는 자신들을 만만하게 보고 있단다.

재중의 말은 확실히 사이먼과 헨기스트의 자존심을 강하게 찔렀다.

하지만 현실은 냉정했다.

알람이라는 라스푸틴의 제자조차 마나 무기라는 전혀 다른 것을 만들어낼 정도다.

그동안 자신들의 눈을 피해 힘을 키운 라스푸틴이 얼마나 강해졌을지는 상상조차 할 수 없었다.

그리고 인정해야만 했다.

카디스가 죽을 뻔했고, 그 도구는 여태까지 그들이 생각지 못했던 전혀 다른 형태의 마나 무기였다.

겨우 그의 제자에게 밀리는 자신들은 약자라는 것을 이젠 인정할 수밖에 없는 현실인 것이다.

씨익~

재중은 지금 이렇게 안전가옥에 있지만 마법사에게 꼭

필요한 벽을 넘을 수 있는 힌트를 조금씩이지만 알려주면서 길을 안내해 주고 있었다.

아니, 정확하게는 그동안 마나의 인도자들이 가진 거만함과 오만함이 얼마나 어리석은 생각이었는지 냉정하게 알려주고 있는 것일지도 몰랐다.

발전하려면 우선 자기 자신의 현재 상태를 아는 것이 중요했다.

*   *   *

끼익!

"벌써 끝난 것인가?"

헨기스트는 카일을 데리고 갔던 카디스가 시간이 얼마 지나지 않았는데 올라오자 고개를 갸웃거리며 물었다.

아무리 서클 링이 부서져 더 이상 마법을 사용하지 못하는 껍데기뿐인 흑마법사라고 하지만 그래도 한때 마법사였다.

독하기로는 둘째가라면 서러워할 만큼 독한 녀석이라는 것은 헨기스트 본인이 더 잘 알고 있었다.

"……."

그런데 무언가 억울한 표정의 카디스가 고개를 흔들더

니 침통하게 대답했다.

"자기 심장을 터뜨리며 자살했네."

"응? 자기 심장을 터뜨려서 자살을 해?"

헨기스트는 카디스의 말에 황당한 표정을 지었지만, 카디스는 무언가 아는 눈치였다.

재중도 자기 심장을 터뜨려서 자살했다는 말에 호기심이 생겨 카디스를 쳐다보았다.

"한때 아프리카 쪽에서 인간의 뇌를 연구해서 과연 자율신경을 가진 인간의 장기 중에서 조정 가능한 장기가 있는지 실험한 적이 있습니다."

"아! 설마 그거 폐기된 것이 아니었던 겐가?"

사이먼이 가만히 있다가 뭔가 떠오른 것이 있는지 큰 소리로 외쳤다.

"맞아. 표면적으로는 폐기되었지. 하지만 알다시피 그런 실험에 흥미를 보인 과학자가 많았기에 조용히 실험은 계속되었네. 그리고 뇌의 특정 부분을 건드려 놓으면 언제든지 자신이 원할 때 자율신경의 장기를 조절해서 자살할 수 있다는 결론을 얻었지."

"······."

순간 방 안의 전원은 할 말을 잃어버렸다.

도대체 인간은 어느 정도까지 바보 같은 짓을 해야 정

신을 차린단 말인가?

인간의 신체 기능 중에 자율신경을 조절하다니 미친 짓이었다.

특히나 자율신경으로 조절되는 장기는 생명과 직결되는 것이 대부분이다.

지금 다들 황당한 표정을 숨기지 못하는 이유가 바로 그것이다.

인간은 스스로 숨을 참아서 자살하는 것이 불가능하다.

그 이유는 뇌의 명령을 폐가 받아서 호흡을 멈추더라도 다른 자율신경의 장기들이 살아남기 위해서 호흡을 할 수밖에 없도록 만들어지기 때문이다.

인간의 자율신경은 애초에 그렇게 작동하도록 만들어졌다.

그렇기에 자율신경의 목적은 오직 하나였다.

생존.

살아남기 위해서 뇌의 명령을 유일하게 거부할 수 있는 장기들인 것이다.

물론 그중에서 심장이 대표적인 것은 굳이 말할 필요도 없다.

쾅!!

"간악한 놈!! 혹시라도 자신의 제자 중에 서클 링이 부서질 자가 생길 것을 예상했어! 그를 통해 정보를 볼 수 있을 가능성을 이미 예상한 것이야, 라스푸틴 그놈은!"

카디스의 눈동자에 당장에라도 피가 쏟아질 것처럼 핏줄이 강하게 돋아났다.

하지만 이미 카일은 스스로 죽어버린 뒤다.

"죄송합니다, 재중 님."

카디스는 재중과 눈이 마주치자 노기를 거두고 재중을 향해 정중하게 고개를 숙였다.

자신은 몇 년을 추적해도 오히려 기습을 받고 죽을 뻔한 녀석을 재중이 잡아다 주었다.

그런데 그런 노력도 허무하게 카일이 죽어버리는 바람에 그저 의미 없는 시체만 만든 꼴이다.

"완전 허를 찔렀군요."

재중도 설마 자율신경까지 맘대로 움직여서 심장을 터뜨려 자살하리라고는 생각도 못했다.

재중이 황당하단 표정을 지었지만 어쩔 수 없는 일이었다.

이건 그 누구도 예상하지 못한 일이다.

테라가 먼저 서클 링을 부숴 버리고 독약부터 시작해 지금까지 알고 있는 모든 것을 꼼꼼하게 살펴보고 나서 카일을 그들에게 주었다.

그런데 설마 서클 링이 부서질 것을 대비해서 스스로 심장을 폭발시키도록 세뇌를 시켜놓았을 줄 꿈에도 생각지 못했다.

하지만 재중은 꼭 서클 링이 부서지는 것을 대비해서만은 아닐 것이라고 생각했다.

"아마 완전히 제압당한다면 무조건 자살하도록 했을 거예요."

서클 링뿐만 아니라 변수가 많았다.

아마 포괄적으로 완전히 제압당해서 아무것도 할 수 없다고 느끼는 순간 세뇌가 발동했을 것이라고 재중은 생각했다.

"저도 그렇게 생각합니다."

사이먼이 재중의 생각에 고개를 끄덕이자 헨기스트와 카디스도 고개를 숙였다.

어찌 되었든 자신의 실수라고 생각한 것이다.

'테라.'

—네, 마스터.

'카일의 뇌는 살아 있나?'

—아니요. 제가 확인했는데 뇌가 한마디로 떡이 됐어요.

'이유는?'

─그게 심장을 터뜨리기 위해서 강하게 심장이 펌프질 하는 순간, 심장에서 뿜어져 나간 피가 목의 경동맥을 타고 뇌를 휘저어 버린 듯해요, 마스터.

'완벽하게 당했군.'

이번에는 재중으로서도 할 말이 없을 만큼 완벽했다.

무조건 절대로 죽을 수밖에 없는 자살 세뇌였으니 말이다.

혹시라도 심장이 터지는 것이 실패하더라도 이미 심장에서 뿜어져 나간 강한 힘을 가진 피가 목의 경동맥을 지나 뇌를 곤죽으로 만들어 버릴 수밖에 없는 것이다.

즉 심장이 터지든 터지지 않든 뇌가 죽으면 어차피 죽은 것이나 다름없다.

─죄송해요, 마스터. 저도 설마 그 정도까지 하리라고는……

테라도 이번에는 정말 질린 듯한 목소리였다.

설마 라스푸틴이 그런 짓까지 할 줄은 상상도 못했었다.

"카일이라는 녀석의 뇌도 확인하셨나요?"

재중은 카디스가 특수요원이었다는 것을 떠올리고 확인 차 물었다.

"네. 더 이상 뇌라고 부를 수도 없을 만큼 처참하더군요."

쾅!

"빌어먹을 놈!!"

헨기스트도 결국 책상을 강하게 주먹으로 내려칠 수밖에 없었다.

하지만 사이먼은 둘과 달리 눈동자가 침착하게 가라앉았다.

사이먼이 흥분한 헨기스트와 억울한 표정을 숨기지 못하는 카디스에게 나직하게 말했다.

"그 수많은 시간 동안 우리를 피해서 살아남은 녀석이야. 이렇게 쉽게 잡힐 것이라고 생각한 것이 실수였을지도 모르네."

"그렇지."

"우리도 방심했어."

내로라하는 정보국의 요원들도 마나의 인도자라면 우선 무조건 피하고 보는 상황이다.

그런데 그런 마나의 인도자 중에서도 최고로 꼽히는 6인의 추적을 오랜 세월 피해온 라스푸틴이었다.

라스푸틴이 이렇게 쉽게 자신의 꼬리를 드러내리라고 생각한 것 자체가 안일한 판단이었다.

그리고 동시에 그걸 인정하자 스톤헨지에서 재중이 한 날카로운 일침이 떠오른 그들이다.

짝~

그때 돌연 재중이 손뼉을 치면서 모두의 시선을 모았다.

그것도 평온한 평소의 표정으로 말이다.

"이미 지나간 일은 잊으세요. 그걸 가슴에 담아두고 있어봐야 마나 역류가 일어나는 원인이 될 뿐입니다."

"네."

"그건 그렇지요."

"맞는 말입니다."

셋은 재중이 왜 이런 말을 하는지 알기에 바로 고개를 끄덕였다.

무공을 배우는 사람들이 주화입마를 두려워하듯 마나를 다루는 마법사들은 마나 역류를 가장 두려워했다.

마나 역류는 경지가 높을수록 강도가 세다는 특징이 있다.

그러다 보니 지금 5서클에 이른 사이먼과 헨기스트, 그리고 카디스에게는 재중 다음으로 가장 무서운 것이 마나 역류이다.

"머리는 차갑게, 심장은 뜨겁게. 아시죠?"

분위기를 전환할 겸 재중이 웃으면서 말했다.

"잊었습니다."

"복수할 날을 기다릴 뿐입니다."

다행히 순식간에 타오른 분노에 마나가 휘둘리지 않은 듯했다.

하지만 이 정도의 분노에 마나가 흔들릴 위험이 있다는 것 자체가 확실히 그동안 마나의 인도자들이 얼마나 나태하게 살았는지 극명하게 보여주는 증거였다.

"그럼 이제 분위기를 바꿔서 아직 남아 있는 세 명은 어떻게 만날 생각이십니까?"

카디스처럼 특수요원 출신이라면 단독으로 움직이는 게 편할지 모른다.

그러나 아직 만나지 못한 6인 중에 남은 세 명은 사이먼과 비슷한 교수 출신이라고 했다.

그들이 움직이기보다 자신들이 움직이는 것이 빠르고 안전할 것이다.

재중의 판단은 당연했다.

"그렇지 않아도 그 문제 때문에 재중 님께 상의드릴 생각이었습니다."

사이먼이 앞으로 나서며 재중의 말을 받았다.

"카디스 저 친구의 말에 따르면 이곳 그리스는 이미 알람이라는 녀석의 손에 대부분 넘어간 상태나 마찬가지입니다. 특히 알람이 돈으로 매수한 일반 감시자들이 어디에서 지켜보고 있을지 모를 정도로 말이죠."

사이먼이 말을 끝내자 기다렸다는 듯 카디스가 말을 이었다.

"사실 제가 굳이 건물 옥상으로 피한 것도 알람이 돈으로 매수한 일반인들 때문입니다. 만약 제가 길거리에서 쓰러졌다면 전 이 자리에 없을 겁니다."

확실히 가장 오랫동안 알람을 추적한 카디스답게 꽤 많은 정보를 알고 있었다.

물론 기습을 받긴 했지만 그건 달리 생각하면 알람이 기습을 해야 할 만큼 카디스가 가까이 접근했다는 뜻도 되었다.

"그럼 여러분은 움직이는 것이 사실상 불가능하다는 뜻이군요."

재중이 나직하게 그들이 하려는 말을 미리 했다.

"네, 알람 녀석이 저희 6인의 얼굴을 모두 뿌렸을 겁니다."

추측이 아니라 거의 기정사실이었다.

굳이 많은 돈을 써가면서 일반인을 감시자로 붙인 것은 모두 6인을 잡기 위해서였을 테니 말이다.

"그럼 린다 마릴 양, 아니면 제가 움직여야 하는 상황이군요."

재중이 그들이 가장 꺼내기 어려워하는 말을 하자,

"죄송합니다."

"저희도 설마 일이 이 지경까지 불리할 줄은 몰랐습니다."

셋은 할 말이 없었다.

분명 자신들이 추적하는 사냥꾼의 입장이라는 생각에서 움직였었다.

한데 막상 그리스에 와보니 웬걸, 자신들은 사냥꾼이 아니라 사냥감이었다.

그것도 알람이 만들어놓은 덫에 뛰어든 멍청한 사냥감 말이다.

"카디스, 제가 알람에게 알려졌을 가능성은 얼마나 됩니까?"

그래도 가장 정보가 많은 카디스에게 재중이 물었다.

"혹시 카일을 잡아온 곳이 어딘지 물어도 되겠습니까?"

카디스는 재중이 카일을 그냥 아무 데서나 잡아오진 않았을 것이기에 슬쩍 물었다.

"제 여동생인 연아를 납치하려고 했기에 사로잡았습니다."

"역시……."

카디스는 고개를 흔들더니 힘없는 목소리로 말했다.

"재중 님도 이미 알려졌다고 생각해야 합니다. 특히나 이곳은 그리스입니다. 아시아에서 재중 님은 사람들 틈에 섞이면 찾을 수 없겠지만, 이곳 그리스에서는 사람들 속에 섞이든 혼자 있든 무조건 쉽게 발견될 겁니다."

"하긴 그렇겠군요."

어차피 동양인이 적은 곳이다.

특히나 요즘은 그리스가 휘청거리는 상황이라 돈을 물 쓰듯 쓴다는 중국 관광객도 많이 줄어들었다.

지금 재중이 나간다는 것은 나 잡아가라고 신호를 보내는 것과 다를 바 없었다.

그런데 그때 재중이 조용히 카디스를 향해 씨익 웃었다.

"……?"

카디스는 왜 재중이 갑자기 웃는지 영문을 모르는 듯 표정을 지었다가 곧 두 눈을 부릅뜨고 놀랐다.

"은, 은발… 설마… 폴리모프 마법입니까?"

재중의 머리카락이 카디스가 보는 앞에서 천천히 흑발에서 은발로 바뀌어 버린 것이다.

거기다 눈동자도 살짝 은빛이 도는 색으로 바뀌었다.

"헉! 폴리모프!!"

"설마 전설의 마법을 직접 눈으로 보다니!!"

머리카락만 은발로 되었다면 이렇게 놀라지 않았을 것이다.

눈동자가 은색으로 바뀌는 것은 전설로 전해지는 폴리모프 마법이 아니라면 도저히 불가능했다.

그런데 그게 끝이 아니었다.

"헉! 피부가… 피부가……!"

재중의 피부도 특유의 구릿빛에서 은발과 은빛 눈동자에 어울리는 백인의 피부로 완전히 바뀌어 버린 것이다.

그것도 모두가 지켜보는 앞에서 말이다.

물론 지금 재중의 피부와 눈동자, 그리고 머리카락이 은빛으로 바뀐 것은 그들이 호들갑 떠는 것처럼 전설의 폴리모프 마법이 아니었다.

재중의 몸속에 있는 나노 오리하르콘을 조절해서 만든 것이니 말이다.

그러나 굳이 그 사정을 설명할 이유가 없기에 재중은 그저 웃기만 했다.

긍정도 부정도 아닌 애매한 미소로 말이다.

"이 정도면 린다 마릴 양과 다녀도 별문제 없겠군요."

재중은 느긋하게 웃으면서 자리에서 일어섰다.

"하하하하하! 이건 상상도 못한 일이군요."

카디스는 완전 알람의 허를 찌르는 재중의 모습에 시원

하게 웃었다.

그리고 동시에 생각했다.

역시 드래곤은 드래곤이라고 말이다.

가끔 재중이 자신과 같은 인간으로 느껴지던 카디스는 이번 변화로 확신했다.

재중이 드래곤이라는 것을.

Chapter 06
바깥으로

재중귀환록

"뭔가 기분이 묘하네요."

"⋯⋯?"

재중과 나란히 손을 잡고 걷고 있는 린다 마릴도 살짝
화장을 고쳐 얼굴에 변화를 주었다.

린다 마릴은 관광객처럼 커다란 선글라스에 모자까지
쓰고 있었다.

그녀의 몸매를 본 사람들의 시선이 잠시 멈추긴 했다.
하지만 옆에 있는 재중을 보고는 다들 고개를 돌려 버렸
다.

그런 일이 계속되자 린다 마릴이 웃으면서 재중에게 한 말이다.

"재중 씨를 보고는 다들 실망한 표정을 지으니까요."

"뭐 난봉꾼이 아닌 이상 지금 이 모습에 끼어들 수는 없겠죠."

재중으로서는 당연히 지금 린다 마릴과 자신의 모습을 보고 누군가 끼어든다면 난봉꾼이나 여자라면 사족을 못 쓰는 녀석이라고 생각할 수밖에 없었다.

린다 마릴이 재중의 팔짱을 끼고 있으니 말이다.

"실례합니다."

하지만 이런 재중의 생각은 다분히 동양적인 사고방식이었다.

재중이 그것을 깨닫기까지는 그리 오랜 시간이 걸리지 않았다.

훤칠한 키, 수려한 외모, 거기다 반짝이는 눈동자에 옷, 몸에 지닌 장신구까지 부유한 인물이다.

돈 냄새를 풍기는 젊은 남자가 재중과 린다 마릴의 앞을 막은 것이다.

"후후훗."

린다 마릴은 왠지 이렇게 될 것을 알았다는 듯 조용히 재중을 보더니 한마디 했다.

"이곳은 유럽이에요. 그리고 유럽엔 우선 들이대고 보는 남자가 의외로 많아요. 설령 옆에 남자가 있어도 반지가 없다면 말이에요."

슬쩍 자신의 비어 있는 왼손의 약지를 보여주는 린다 마릴의 모습에 재중은 절로 한숨이 나왔다.

굳이 물어보지 않아도 지금의 상황을 만든 것이 린다 마릴이라는 것을 알 수 있었다.

유럽에서는 의외로 남녀 친구 사이에 팔짱 끼는 것 정도는 아무것도 아니라는 것을 재중은 모르고 있었다.

자신과 사귀던 여자가 자신의 친구와 사귀거나 결혼하는 것도 쿨하게 받아들이는 곳이 유럽이라는 것을 말이다.

"어디서 오셨는지 알 수 있는 영광을 주시겠습니까?"

재중이 듣기에는 꽤나 느끼한 멘트를 날리는 남자였지만, 린다 마릴은 익숙한 듯 입가에 미소를 지으면서 대답했다.

"영국이에요."

"오, 영국~ 전 프랑스에서 여행 왔는데 역시 영국 여성은 매력적이군요."

이미 여행에서 헌팅을 많이 해본 솜씨이다.

옆에서 보면 알고 있는 사람들끼리 만나서 대화를 나누

는 것처럼 너무나 자연스러웠다.

그런데 더욱 대단한 건 린다 마릴이었다.

이런 남자의 대화를 모두 받아주면서도 대화의 주도권을 잡고 있는 린다 마릴이었으니 말이다.

뭐랄까, 남자의 심리를 모두 알고 있다고 해야 할까?

아마 재중도 린다 마릴이 MI6 요원이자 전설의 007이라는 것을 몰랐다면 대단하다고 생각했을 것이다.

그만큼 린다 마릴의 화술은 뛰어났다.

"그럼 다음에 인연이 된다면……."

"네, 그럼 즐거운 여행 되세요."

거기다 먼저 헌팅을 한 남자가 스스로 물러나면서도 미련이 남도록 대화를 조절하기도 했다.

물론 헌팅남이 재중을 한번 슬쩍 쳐다보면서 마지막까지 린다 마릴과의 사이를 살펴보는 것이 조금 거슬리긴 했다.

"왜 그렇게 보세요?"

헌팅남을 보내고 고개를 돌린 린다 마릴은 자신을 쳐다보는 재중의 눈빛에 싱긋 웃으면서 물었다.

"능숙하군요."

재중은 순수하게 대답했다.

"능숙할 수밖에 없죠. 제가 하는 일이 남자를 상대로 혼을 빼놓는 일이니까요."

자신의 주된 임무 성격을 스스럼없이 말하는 린다 마릴의 모습에 재중은 피식 웃었다.

확실히 동양 여자와 서양 여자는 사고방식이 다르다는 것을 느낄 수 있었다.

"그보다 느낄 수 있어요?"

"음, 자신들의 기척을 최대한 숨기고 있을 테니 아마 가까이 가야 할 겁니다."

"그래요? 역시 마법이라는 건 대단하네요."

애초에 재중과 린다 마릴이 이렇게 밖으로 나온 것은 아직 만나지 못한 6인 중에 남은 셋을 만나기 위해서였다.

그런데 문제가 있었다.

이미 안전가옥에 있는 사이먼을 비롯해 헨기스트와 카디스도 만나기로 한 장소에서 그들을 만나지 못했었다는 것이다.

남은 셋이 지금 어디에 몸을 숨기고 있는지 알 수가 없었다.

그러다 보니 결국 당장 움직일 수 있는 린다 마릴과 재중이 밖으로 나와서 벌써 몇 시간째 거리를 헤매는 상황이 벌어졌다.

하지만 뭐라 해도 마나의 인도자들을 이끄는 6인의 인

물들이다.

별다른 힌트도 없이 무작정 돌아다녀서야 쉽사리 찾을 리 없었다.

더구나 그들은 5서클의 고위마법사들이다 보니 자신의 마나를 제어하는 것이 가능했다.

아무리 재중이 마나를 느끼는 것이 민감하다고 해도 만능인 것은 아니다.

거기에는 대상이 마나를 활성화시켜야 한다는 조건이 붙을 수밖에 없었다.

거기다 여기서 재중이 드래곤이라는 것이 오히려 발목을 잡았다.

드래곤은 마나를 너무나 잘 다룬다는 장점이 있다.

하지만 그건 반대로 말하면 주변의 마나가 너무나 민감하게 반응한다는 뜻도 된다.

그러다 보니 당연하게도 조금만 마나를 활성화시켜도 주변 마나가 날뛰면서 요동을 칠 영향을 줄 수밖에 없었다.

거기다 탐지를 위해서는 재중도 최대한 마나를 활성화시켜야 하는 조건이 필요했다.

하지만 재중이 마나를 사용하는 것은 결국 적에게 '나 여기 있소' 하고 광고하는 꼴이다.

결국 마나를 활성화해서 쉽게 찾을 수 있는 방법이 있지만 사용할 수가 없는 것이다.

그러다 보니 아무리 재중이라도 마나를 최대한 제어하고 있는 5서클의 마법사를 찾기 위해서는 어쩔 수 없이 가까이 가야만 하는 것이다.

"세 시간째죠?"

"그렇군요."

재중은 벌써 세 시간째 골목까지 모두 돌아다니며 찾아다니고 있었다.

결국 그것은 재중과 동행하고 있는 린다 마릴도 마찬가지라는 뜻이다.

아무리 훈련받은 린다 마릴이라지만 강한 햇볕이 내리쬐는 그리스에서의 한낮 강행군에 그녀도 지쳐 버렸다.

"잠시만 쉬어요."

"그러죠."

어쩔 수 없었다.

지친 그녀를 계속 데리고 다닐 수도 없었다.

거기다 이제 와서 린다 마릴을 두고 재중 혼자 움직일 수도 없었다.

'그냥 혼자 나올 것을.'

재중은 뒤늦게 후회했지만 역시나 이미 늦었다.

무조건 같이 나가야 한다고 매달리는 린다 마릴의 모습을 보면서, 재중은 그래도 MI6 요원이니 마나 사용이 묶여 버린 재중에게 어느 정도는 도움이 될 것이라고 생각했었다.

하지만 웬걸, 밖으로 나오니 겨우 3시간 정도 걸어 다니고는 지쳤는지 헉헉대는 모습을 보인다.

재중이 자신의 선택이 실수였다는 것을 깨닫는 것은 그리 어려운 일이 아니었다.

물론 여자라는 것을 떠나 인간과 드래곤의 말도 안 되는 체력 차이 때문이긴 했지만 그래도 도움이 전혀 되지 않는 것은 사실이었으니 말이다.

"이대로는 며칠이 걸릴지도 몰라요."

"……."

재중과 린다 마릴은 가까운 카페에 앉아서 시원한 음료를 마시면서 휴식을 취하는 중이었다.

재중은 린다 마릴이 하는 말에 굳이 대답은 하지 않았지만 고개를 끄덕일 수밖에 없었다.

"뭐 좋은 방법 없어요?"

린다 마릴은 거의 억지를 부려 따라 나온 터였다.

하지만 세 시간 넘게 무조건 걷기만 하니 아무리 본인의 고집이었다고 해도 생각을 달리할 수밖에 없었다.

지금 시기에 그리스 땡볕 거리를 무한정 헤매는 것은 훈련받은 그녀라고 해도 지치는 것은 당연했다.

거기다 재중에게 접근해 팔짱도 끼고 은근히 여자로서의 매력을 그렇게 어필해도 소용없는 것도 린다 마릴을 더욱 지치게 하는 요소였다.

'와, 이런 남자 진짜 처음이네. 어떻게 내가 페로몬을 그렇게 뿌려대는 데도 꿈쩍도 하지 않지? 고자인가?'

린다 마릴은 세 시간 동안 천박하지 않으면서도 여자로서의 매력을 어필할 수 있는 방법을 총동원해 재중에게 접근했다.

하지만 그동안 수많은 남자를 녹인 노하우를 모조리 재중에게 쏟아부었는 데도 이건 완전 밑 빠진 독에 물 붓는 격이었다.

아니, 무슨 강철로 만든 동상과 함께 다니는 느낌까지 받았다.

'내가 천서영보다 매력이 떨어지는 것은 아닌데.'

객관적으로 생각해도 자신이 천서영에 비해 절대로 떨어지지 않는다고 여겼다.

나름 재중을 유혹하는 데 자신이 있던 린다 마릴은 재중의 이런 철벽 방어에 의욕이 급격히 떨어지기 시작했다.

"혼자 다니면 되겠군요."

"네? 혼자라면 재중 씨 혼자 다니시게요?"

"네."

재중이 당연하다는 듯 말하자 린다 마릴의 눈동자가 흔들렸다.

아마 그 잠깐의 순간에도 그녀의 머리에서 수만 가지 생각이 오갔을 거라는 것을 재중도 알고 있었다.

하지만 그냥 모른 체했다.

괜히 건드려 봐야 피곤한 건 재중 본인이니 말이다.

"제가 짐인가요?"

린다 마릴은 무언가 슬픈 표정을 지으면서 재중에게 물었다.

"네, 짐입니다."

"……."

순간 할 말을 잃어버린 린다 마릴이다.

설마 면전에 대놓고 짐이라고 말할 줄은 몰랐다.

하지만 린다 마릴은 요원답게 바로 감정을 수습해 다시 슬픈 표정을 지으면서 재중에게 말하려 했다.

그러나 재중이 그런 그녀의 말을 가로챘다.

"연기가 서툴러요, 린다 마릴 양."

흠칫.

"호호호호, 뭐 어차피 마나의 인도자들과 같은 힘을 쓰는 재중 씨에게 통하지 않을 것이라고는 생각했지만 저도 직업이라서 어쩔 수가 없어요."

"이해합니다."

순식간에 방금 전의 끈적끈적한 분위기는 사라졌다. 하지만 재중은 오히려 지금의 분위기가 좋았다.

"하아, 그래도 상처예요. 면전에 대고 짐이라고 말하다니. 저도 상처받기 쉬운 여자인데 말이죠."

린다 마릴은 진심으로 상처받았다는 표정으로 재중에게 투덜거렸다.

그러나 그 투덜거림 속에도 묘한 섹시미가 숨겨 있다.

이것을 보면 아무래도 이건 훈련이 아니라 원래의 성격인 듯했다.

그리고 그런 표정의 린다 마릴을 본 재중이 피식 웃고 말았다.

"상처가 빨리 낫는 여자 아닌가요?"

"쳇, 아무튼 정말 신선한 경험이네요. 제가 유혹해도 넘어오지 않는 남자는 재중 씨가 유일하니까요."

린다 마릴도 순순히 인정하고 포기 선언을 하자 재중은 그저 피식 웃을 뿐이었다.

어차피 재중이나 린다 마릴이나 둘 다 서로가 서로의

속셈을 모두 알고 있는 상황이다.

물론 그렇게 상대가 알고 있다는 것을 알면서도 끝까지 유혹의 손길을 뻗는 린다 마릴의 의지가 대단하긴 했다.

만약 재중이 드래곤이 아니었다면 충분히 그녀의 유혹에 넘어갈 만한 상황도 의외로 많았다.

하지만 결과적으로는 재중이 아니라 다른 주변의 남자들이 꼬여들 뿐이었다.

"이런, 정말 인연인가요?"

"……?"

린다 마릴은 갑자기 뒤에서 들리는 남자 목소리에 고개를 돌렸다.

순간 목소리가 왠지 낯익다는 느낌을 받았다.

역시나 고개를 돌려보니 한 시간 전에 접근했던 헌팅남이었다.

그가 린다 마릴을 보면서 환하게 웃고 있었다.

"다시 뵙네요."

어찌 되었든 최대한 조용하게 움직여야 하는 상황의 린다 마릴과 재중이었다.

어디에 알람의 끄나풀이 있을지 모르는 상황이기에 린다 마릴은 자연스럽게 헌팅남의 인사를 받았다.

"저도 더워서 그러는데 한잔 얻어 마실 수 있을까요? 두 번이나 만나면 인연이라는 말도 있는데 말이죠."

헌팅남은 그러고는 바로 린다 마릴과 가장 가까운 자리에 앉았다.

너무나 자연스러운 모습이기에 아무도 그걸 이상하게 쳐다보는 이가 없었다.

삣!

'……?'

헌팅남이 린다 마릴을 보면서 자리에 앉을 때였다.

재중의 귀에 날카롭게 짧은 전자음이 들렸다.

'나 혼자만 들은 건가?'

재중은 순간 너무나 짧게 지나가는 소리였기에 고개를 갸웃거렸다.

하지만 그 혼자만 들은 게 아니었다.

─저도 들었어요, 마스터.

테라가 재중의 의문에 동의하자 재중의 눈동자가 차분하게 가라앉기 시작했다.

마치 헌팅남을 자세히 보려는 듯 말이다.

'요원이군.'

재중이 헌팅남을 자세히 살펴보자 처음에 봤을 때는 보이지 않던 한 가지가 재중의 눈에 걸려들었다.

─저 녀석도 귀 뒤쪽에 통신 칩을 이식받았네요.

이미 나노 오리하르콘을 약하지만 활성화한 상태였다.

재중이 눈에 살짝 마나를 집중하자 투시를 할 정도는 아니지만 몸에 흐르는 마나의 흐름이 부자연스러운 곳 정도는 바로 찾아낼 수 있었다.

하필 린다 마릴이 통신 칩을 이식한 곳과 같은 위치에 전자기기가 있었다.

헌팅남이 자리에 앉을 때 재중의 귀에 울린 짧은 전자음은 바로 통신을 시작하는 특정 전자음 같았다.

'당황하지 말고 내 말 들어요, 린다 마릴 양.'

"……?"

린다 마릴은 갑자기 머릿속으로 재중의 목소리가 들려 놀란 눈으로 재중을 쳐다보았다.

그런데 재중은 빨대로 음료를 마시는 중이다.

'내가 잘못 들었나?'

린다 마릴은 순간 자신이 잘못 들은 건지 고개를 갸웃거렸다.

"이런, 무슨 일 있나요? 혹시 남자분이 불편해하시는 건 아닌지요?"

헌팅남으로 위장한 요원은 린다 마릴이 갑자기 놀란 눈으로 재중을 쳐다보자 덩달아 놀라며 재중을 힐금 쳐다봤다.

하지만 어찌 된 일인지 놀란 린다 마릴과 달리 재중은 바깥의 풍경을 보면서 너무나 자연스럽게 음료를 마시고 있었다.

　"아, 아니에요."

　"하하하하, 혹시라도 제가 불편하다면 말씀해 주세요. 저도 그렇게 눈치 없는 놈은 아니니까요."

　린다 마릴의 당황한 표정이 너무나 선명했기에 헌팅남 요원은 슬쩍 밑밥을 깔았다.

　그런데 그때 또다시 린다 마릴의 머릿속으로 재중의 목소리가 들렸다.

　'놀라지 말아요. 마법이니까. 이해했으면 손가락을 한 번 튕기고 아니면 두 번 튕겨봐요.'

　여전히 전혀 다른 곳을 보면서 빨대를 입에 물고 있는 재중의 목소리가 들려왔다.

　결국 린다 마릴은 손가락을 한 번 튕겼다.

　상대가 마법을 사용한다는 것은 이미 알고 있는 상황이다.

　처음이야 몰라서 당황했지만 두 번째는 빠르게 받아들였다.

　'그 헌팅남 어디 소속 요원인데 설마 모르고 있는 건 아니겠죠?'

멈칫!

순간 재중의 말을 머릿속으로 들은 린다 마릴의 손가락
이 멈췄지만 빠르게 다시 움직였다.

물론 눈동자는 헌팅남 요원을 보고 있다.

이윽고 재중의 말을 확신하는 듯 갑자기 눈웃음을 그리
기 시작한 린다 마릴이 조용하게 헌팅남 요원에게 물었
다.

"어디 쪽이시죠?"

"네?"

"제가 영국 MI6라는 것을 이미 알고 접근한 것 같은데
말이죠. 아닌가요?"

뜨끔!

이번에는 헌팅남 요원이 무언가 놀란 듯 몸이 잠시 굳
어지더니 금방 입가에 미소를 그렸다.

"이런, 눈치가 상당히 빠르시군요. 007이라는 이름이
그저 허울뿐인 줄 알았는데. 하하하하! 실례했군요."

자신의 정체가 들통났는데도 오히려 헌팅남 요원은 홀
가분하다는 표정으로 린다 마릴에게 말했다.

"어디예요? 이걸 저희 쪽에서 알면 결코 좋아하지 않을
거라는 것은 그쪽이 더 잘 알고 있을 텐데요."

그랬다.

본래 정보 조직은 은밀함이 생명이다.

그것을 생각하면 지금 린다 마릴을 알고 접근한 헌팅남 요원의 행동은 정말 위험천만한 짓이었다.

린다 마릴에게나 헌팅남 요원 본인에게나 말이다.

어찌 됐든 정체가 드러나는 순간 목숨이 바람 앞의 등불 신세가 되는 것이 정보요원의 운명이다.

물론 재중은 좀 특이한 경우이다 보니 린다 마릴이 대놓고 자신의 모든 정보를 보여주긴 했다.

그러나 원칙적으로는 말도 안 되는 행동이었다.

"CIA의 스미스입니다."

"…몇 번째 스미스냐고 묻는다면 알려주실 건가요?"

스미스의 정체를 들은 린다 마릴은 오히려 웃으면서 물었다.

"하하하! 그건 비밀이기에 아무리 매력적인 린다 마릴 양이라도 죄송하군요."

정보부에서 활동하는 요원들은 한 가지 이름을 놓고 계속 이어받는 경우가 의외로 많았다.

특히나 CIA의 스미스라는 이름은 특수한 임무나 역할을 하기 위해서 요원이 죽으면 다른 요원이 이어받았다.

물론 린다 마릴의 007이라는 넘버도 그것과 마찬가지였다.

"괜찮아요. 어차피 그쪽과 저희가 얼굴 붉힐 일이 없는 걸로 알고 있으니까요."

"그렇죠. 우방 아닙니까. 하하하하!"

서로 정체를 대놓고 말하는 스미스와 린다 마릴은 얼굴은 웃고 있지만 눈동자는 전혀 웃고 있지 않았다.

마치 조금만 틈을 보이면 물어뜯을 준비가 된 맹수처럼 말이다.

"그런데 저에게 접근한 이유가 뭐예요?"

사실 스미스 요원이 린다 마릴에게 군이 접근할 이유가 없었다.

딱히 그녀가 CIA와 마찰을 빚을 임무를 한 적이 없으니 말이다.

"사실 뒤처리 때문에 제가 온 겁니다."

"뒤처리?"

뜬금없는 말에 린다 마릴이 물었다.

"예전에 저희 쪽 요원 중 하나가 임무 중에 배신하고 잠적했거든요."

"아……!"

스미스 요원의 말을 들은 린다 마릴은 대충 무슨 말인지 이해가 되었다.

이런 쪽 일을 하다 보면 흔하게 겪는 이야기였다.

지금 스미스 요원의 말이 100% 사실이라고 믿는 것은 아니다.

원래 음지에서 움직이는 단체일수록 뒤가 구린 경우가 많았고, MI6도 딱히 CIA와 다르다고 생각하지 않았다.

"그런데 왜 그걸 저에게 이야기하는 거죠?"

린다 마릴은 스미스가 그걸 자신에게 굳이 말하는 이유를 알 수 없었다.

"사실 제가 만나야 할 사람은 린다 마릴 양이 아니라 선우재중 씨입니다."

그러면서 재중을 향해 고개를 돌려 쳐다본 스미스의 입꼬리가 살짝 올라가 있다.

마치 먹이를 앞에 둔 뱀의 미소처럼 말이다.

은색의 눈동자와 은발, 거기다 백인의 피부로 변한 재중을 알아본 스미스의 모습에 재중이 고개를 갸웃거렸다.

"……?"

이미 자신을 알아본 스미스의 눈동자가 확신에 차 있기에 재중도 굳이 변명하지 않고 스미스가 하는 말에 대답해 주려고 했다.

"선우연아 양의 비서로 있는 분, 성함이 어떻게 되는지 물어도 되겠습니까?"

스미스의 질문에 재중은 별것 아니라는 듯 바로 대답해

주었다.

"바네사 리올레라고 하더군요."

"역시. 혹시 예전 킬러 랭키 5위에 있던 바네사가 맞습니까?"

스미스가 입꼬리를 더욱 길게 올리면서 물었다.

그에 린다 마릴이 오히려 놀란 표정이 되었다.

자신도 전혀 파악하지 못한 이야기가 스미스의 입에서 튀어나왔기 때문이다.

바네사가 CIA 요원이었다는 것은 재중도 바로 조금 전에야 테라가 카일을 잡아오면서 들은 사실이다.

그러다 보니 린다 마릴이 모르는 것은 당연했다.

그런데 재중은 그런 스미스의 질문에 너무나 쿨하게 대답했다.

"맞습니다."

"역시. 그럼 죄송하지만 저희 CIA 문제로 인해서 다시 그녀를 돌려받았으면 합니다."

한마디로 스미스 요원은 재중에게 정중하게 부탁하는 것이 아니라 통보하는 것이었다.

그런데 재중이 갑자기 입가에 미소를 짓기 시작했다.

"돌려받겠다……. 제가 싫다고 하면 어떻게 됩니까?"

재중은 너무나 여유로운 모습으로 스미스에게 되물었다.

"지금 이 시간이면 저희 요원들이 호텔에 도착했을 겁니다."

한마디로 재중과 린다 마릴에게 우연을 가장해서 접근하고, 다시 우연인척 만난 것 모두가 다른 CIA 요원들이 바네사를 잡기 위해서 호텔로 향하는 시간을 벌어주기 위한 작전이었다.

전부 계산된 행동이었던 것이다.

거기다 린다 마릴의 옆에 있는 남자가 재중인 것도 확인하는 작업을 같이 했을 것이다.

그런데 그게 끝이 아닌 듯했다.

"그리고 미국 월가 빅핸드의 모든 재산을 압류할 수도 있지요. 불법 자금 유출로 말이죠."

한마디로 까불면 재중의 자금줄을 막아버리겠다는 것이다.

재중의 재산 중심은 아무래도 미국 월가일 수밖에 없다.

세계 증시의 모든 것이 움직이는 곳이니 말이다.

그런데 재중은 그의 협박보다 다른 것이 더 궁금해지기 시작했다.

어째서 그들이 이제 와서야 이미 죽은 것으로 처리된 바네스를 찾아낸 것인지.

그리고 왜 바네사를 다시 데려가려고 CIA에서 이렇게 자신을 건드리는 것인지 말이다.

월가의 재중의 재산을 압류해도 상관 없다.

사실 큰 손해가 없기도 했다.

이미 현금은 테라가 아공간에 보관하고 있다.

금이나 다른 것도 마찬가지다.

즉 월가의 재중의 재산을 CIA가 묶어버려도 사실상 큰 타격이 없었다.

영국을 통해서 돈을 움직여도 되는 것이니 말이다.

씨익.

오싹.

순간 스미스는 재중의 미소를 보곤 온몸에 소름이 돋는 경험을 해야만 했다.

'내가, 현장에서 10년을 넘게 활동한 내가 증권으로 돈을 번 사람을 두려워해?'

한순간이지만 스미스는 재중의 미소에 자신의 몸이 반응했다는 것에 충격받았다.

그는 너무나 의외인 상황에 본인의 입가에서 미소가 사라진 것도 깨닫지 못했다.

Chapter 07
들켜 버린 바네사

재중귀환록

"재중 씨!"

그 순간 린다 마릴도 재중의 미소에 온몸의 피가 차갑게 식는 느낌을 받았다.

린다 마릴이 재빨리 재중을 불렀지만 이미 늦은 듯했다.

"스미스."

"네, 재중 님."

"……?"

갑자기 스미스 요원이 이상하다고 느낀 린다 마릴이 고

개를 돌렸다.

황당하게도 스미스 요원의 눈동자가 먼 곳을 바라보고 있는데 얼굴에 감정이라고는 찾아볼 수 없다.

마치 귀신에 홀린 사람 같았다.

그런데 그러거나 말거나 재중은 계속 묻기 시작했다.

"바네사를 왜 찾는 거지?"

"예전 저희 지부장과 요원 다섯을 암살한 혐의를 받고 있습니다. 예전 바네사의 시체를 확인했기에 사건을 종결했는데 이번에 바네사와 함께 움직인 동료이던 녀석 중에 하나가 저희에게 알려왔습니다. 바네사가 살아 있다고 말입니다."

한마디로 바네사가 로비에서 만난 녀석인지, 아니면 그 녀석이 전해준 다른 녀석인지 모르지만 배신자가 있었다는 말이다.

"바네사 리올레는 저번에 죽었다. 그렇게 상부에 보고하도록 해."

재중의 말이 끝나자,

"네, 재중 님."

그는 자리에서 일어나더니 그대로 걸어서 사라져 버렸다.

"뭐예요, 재중 씨?"

린다 마릴은 지금 두 눈으로 보고서도 믿을 수 없다는 표정으로 재중에게 물었다.

스미스 요원이 저렇게 허무하게 모든 비밀을 부는 일은 있을 수 없었다.

자신도 요원의 특성상 사로잡혀 고문받을 것을 대비해 고문 훈련을 했다.

그리고 약으로 인한 고문도 견디도록 훈련받았다.

당연히 CIA도 그와 비슷한 훈련을 받는다는 것을 잘 알고 있었다.

그렇기에 린다 마릴은 방금 전 나눈 스미스와 재중의 대화를 도무지 믿을 수가 없었다.

CIA에서 스미스라는 네임을 이어받은 요원이 물어본다고 모두 대답하다니?

누가 봐도 이해가 가지 않는 상황이다.

하지만 그런 의문을 담은 린다 마릴의 시선을 받은 재중은 오히려 당연한 걸 왜 묻느냐는 듯한 눈동자이다.

애초에 드래곤 아이(Dragon eye)를 발동하면 아무리 훈련받은 인간이라도 마나 수련으로 자신의 경지가 극에 이르지 않는 이상 거부할 수 없으니 말이다.

고문 훈련?

그딴 것은 드래곤 아이를 약하게 발동해도 모두 무용지

물이었다.

그 증거가 바로 스미스 요원이었다.

인간의 뇌를 직접 자극해서 제어하는 드래곤 아이는 훈련을 넘어선 본능을 지배한다.

드래곤 아이가 드래곤을 증명하는 증거로 불리는 것도 모두 이런 이유 때문이었다.

드래곤이 어지간한 종족보다 우위에 있다는 증거이다.

씨익~

재중은 궁금해 죽겠다는 린다 마릴의 눈동자를 특유의 미소로 넘겨 버리고는 자리에서 일어섰다.

"벌써 움직이게요?"

린다 마릴은 아직 자신의 질문에 대답하지 않은 재중이 너무나 자연스럽게 일어서는 모습에 심통이 난 듯 물었다.

하지만 재중은 무시하고 그대로 움직일 뿐이었다.

마치 린다 마릴이 있든 없든 상관없는 것 같은 태도로 말이다.

"에휴, 진짜 나쁜 남자의 교과서 같은 남자네."

나쁜 남자가 가져야 할 모든 것을 가지고 있는 재중의 모습에 린다 마릴이 오히려 조바심 내고 있었다.

돈, 외모, 성격, 그리고 시크한 매력까지 있다.

그런데 그런 재중이 린다 마릴이 일어서자 뒤돌아보면서 말했다.

"이제부터는 혼자 다니는 게 빠를 것 같으니 혼자 움직이죠."

"네?"

갑자기 재중이 따로 움직인다는 말에 린다 마릴이 되물었다.

하지만 황당하게도 방금 전까지 자신의 앞에 있던 재중이 감쪽같이 사라져 버렸다.

마치 허공에 지우개로 재중만 지워 버린 느낌이다.

"아, 여기에 나 혼자 두면 어쩌라는 거야, 정말."

세 시간이 넘도록 따라다녔지만 역시나 아무것도 남지 않은 상황이다.

재중까지 갑자기 사라져 버렸으니 린다 마릴로서는 결국은 헛걸음한 셈이다.

물론 재중이 CIA에서 나온 스미스 요원을 애기 다루듯 하는 것을 직접 눈으로 봤다는 것이 그나마 소득이라면 소득이다.

"에휴, 뭐 국장님도 그냥 이해해 주시겠지. 애초에 재중 씨를 설득하는 건 힘들 거라고 했으니."

본래 린다 마릴이 부여받은 임무는 재중을 설득해서 그

리스 자금에 숨통을 트이게 하는 일이었다.

하지만 이미 MI6에서 사고를 쳤기에 큰 기대는 하지 않았다.

그러다 보니 결과적으로 그녀가 받은 진짜 임무는 바로 재중과 친분을 만들어두는 것이었다.

재중을 지금까지 살펴보고 정보를 통해 알아본 결과 재중은 친분이 있는 경우 그냥 모른 척하는 성격이 아니었다.

가장 큰 예로 신승주를 들 수 있다.

어떤 의도가 깔렸든 신승주 덕분에 스페인이 기사회생한 것은 사실이다.

사실 그것 때문에 각국의 정보국이 움직인 것이니 말이다.

"그래도 이대로 안전가옥으로 가는 건 뭔가 찜찜한데."

린다 마릴도 요원이다.

재중이 가란다고 조용히 갈 성격은 아니라는 것이다.

"바네사라……."

린다 마릴은 CIA 스미스 요원이 말한 바네사에 대해 호기심이 일었다.

그녀는 잠시 고민하다가 그대로 발걸음을 돌려 안전가옥이 아닌 연아가 머물고 있는 호텔을 향해서 걷기 시작했다.

우선 CIA에서 이렇게 대놓고 재중에게 협박까지 하면서 바네사를 확보하려는 이유가 궁금했다.

그리고 한편으로는 재중이 힘들다면 연아와 친분을 만들어두는 것도 좋을 것 같았다.

꿩 대신 닭이지만 재중이 봉황급이라는 것을 생각하면 연아는 최소한 꿩보다 나았다.

*　　*　　*

"오빠~!"

"재중 씨!"

연아와 천서영은 갑자기 호텔에 모습을 드러낸 재중을 보고는 놀라서 자리에서 벌떡 일어났다.

"별일 없었지?"

재중은 별것 아니라는 듯 말하자,

"별일이 없긴, 죽을 뻔했구만!"

연아가 눈꼬리를 올리면서 재중에게 날카롭게 한마디 했다.

하지만 어째서인지 재중은 웃고만 있었다.

"왜 웃어? 동생은 그 마법사인지 뭔지 하는 놈한테 죽을 뻔했다는데!"

재중이 속없이 웃는 모습에 짜증이 난 듯 연아가 큰 소
리로 말하자,

"흑기병."

재중이 뜬금없이 흑기병을 불렀다.

쑤우욱~

그리고 황당하게도 연아의 그림자에서 온몸이 칠흑 같
은 흑기병이 모습을 드러냈다.

"헉!! 뭐야, 이건?!"

천서영은 흑기병을 전에 본 적이 있지만 연아는 아직
본 적이 없었다.

연아는 자신의 그림자에서 흑기병이 튀어나오자 놀라
서 재중의 옆으로 도망쳤다.

"놀랄 것 없어. 네 보디가드니까."

"보디… 가드?"

연아는 황당하다는 표정으로 재중을 보았다.

"내가 아무런 대비도 없이 너를 혼자 두었을 거라고 생
각해?"

"웅? 뭐, 그건 아니지만……."

설사 그렇다고 해도 자신의 그림자에 저렇게 무시무시
하게 생긴 철갑옷을 입은 사람이 있을 것이라곤 예상하지
못했던 연아다.

연아는 재중의 말에 얼떨결에 고개를 끄덕였다.

"누군가가 너를 지키고 있다는 것을 알면 네가 신경 쓰고 피곤해할 것 같아서 말하지 않은 거야."

이미 재중은 연아에게 자신을 마법사로 인식시킨 상황이다.

그래서 흑기병도 마법으로 둘러대면 된다는 생각에 흑기병의 존재를 밝혔다.

거기다 이제 흑마법사들이 직접 연아를 노리기 시작한 이상 연아도 알고 있어야 했다.

"강해 보이네."

연아는 흑기병을 보고는 본능적으로 압도적인 강함을 느낄 수가 있었다.

이건 여자로서의 본능이다.

그런데 이게 끝이 아니었다.

"테라."

재중이 나직하게 말했다.

"테라?"

연아는 너무나 익숙한 이름에 놀라서 재중을 쳐다보았다.

그때 이번에는 천서영의 그림자에서 테라가 모습을 드러냈다.

너무나 익숙한 모습이다.

—안녕~ 연아 씨, 서영 씨~

거기다 해맑게 웃으면서 손을 흔들고 인사까지 한다.

그 광경에 연아는 흑기병을 봤을 때와는 전혀 다른 놀란 표정으로 재중을 쳐다봤다.

"뭐야? 설마 테라 씨도… 오빠 거야?"

뭔가 어감이 이상했지만 재중은 굳이 가디언이라고 설명하기 애매해서 고개를 끄덕였다.

"헐, 대박! 테라 씨가 오빠 거였어요?"

—호호호호, 미리 말하지 않은 건 미안해요. 하지만 마스터께서 말하지 말라고 해서…….

테라가 재중을 핑계 대면서 윙크를 하는데, 천서영의 옆에 서 있지만 압도적인 미모를 자랑하는 테라였다.

그런데 그런 테라를 보던 연아가 재중을 보면서 물었다.

"오빠, 혹시 테라 씨는 섹스 프렌드?"

"……."

연아가 귀신 씻나락 까먹는 소리를 하자 재중이 피식 웃더니 연아의 머리에 꿀밤을 먹였다.

"아얏! 왜?"

"테라는 네가 생각하는 그런 존재가 아니야. 그러니 엉뚱한 생각 하지 마."

가디언은 순수한 존재이다.

즉 드래곤을 지킨다는 제약에 묶여 있다.

하지만 드래곤의 마도서인 테라는 특이했다.

스스로 가디언을 선택한 존재, 그게 바로 테라였다.

흑기병과 테라는 그 존재와 태생이 완전히 달랐다.

드래곤의 마도서인 테라가 가디언으로서 선택하면서
지킨 드래곤은 재중이 딱 두 번째였다.

다른 가디언과는 달리 테라는 주인을 선택하는 권리를
가지고 있었다.

흑기병은 본래의 주인이 사라져서 재중을 만난 것이다.

하지만 흑기병과 달리 테라는 지금도 원한다면 절차가
복잡해서 그렇지 가디언을 그만둘 수도 있었다.

"알았어. 아직도 내가 어린애인 줄 알아."

연아는 자신이 말하고도 좀 심했다고 느꼈는지 입을 오
리 주둥이처럼 내밀었다.

하지만 재중에게 대들거나 하진 않았다.

"그보다 오빠."

"……?"

"바네사가 전직 CIA 요원인 건 알고 있었어?"

평범한 삶을 살아온 연아에게 CIA라는 단어는 영화 속에서나 나오는 거였다.

자연히 연아로서는 흥분할 수밖에 없다.

그러나 조금 흥분한 말투로 물은 연아에게 재중은 너무나 간단하게 고개를 끄덕였다.

"정말?"

"응."

"헐! 오빠는 재주도 좋아. 어떻게 CIA 요원이던 사람을 내 비서로 취직시킬 수가 있어? 어쩐지 너무 비서 일을 잘하는 게 비서로 있기에는 능력이 아깝다는 생각이 들긴 했었어. 하지만 설마 CIA 요원이었을 줄이야."

워낙에 영화에서 CIA를 나쁘게 표현하는 경우가 많다 보니 연아도 그런 인식이 없지는 않은 표정이었다.

"예전에 관뒀으니까 상관없잖아?"

"응? 뭐 그거야 그렇긴 하지."

연아 입장에서도 자신을 구하기 위해 뛰어든 바네사를 나쁘게 볼 일은 없었다.

거기다 일 잘하는 비서를 딱히 바꾸고 싶은 생각도 없기에 고개를 끄덕였다.

연아와 이야기를 끝낸 재중이 바네사에게 슬쩍 손짓하자,

"네."

"잠시 이야기 좀 하지. 너와 관련된 일이 있거든."

"네?"

이미 테라에게 재중이 자신을 어느 정도 인정했다는 말을 들었기에 안심하고 있던 바네사다.

한데 재중이 굳이 여기까지 찾아와서 자신을 부르자 긴장했다.

아무래도 상대가 워낙 괴물 같은 재중이었으니 말이다.

"무슨 일이……?"

재중과 이야기하기 위해 빈 방으로 들어오자마자 바네사가 눈치껏 먼저 입을 열었다.

무슨 일이 일어난 것 같다는 느낌을 받은 것이다.

"로비에서 만난 동료, 믿을 만해?"

"네? 그걸 어떻게……?"

바네사는 자신이 예전 동료를 만났다는 것을 재중이 이미 알고 있다는 것을 깨닫고 놀란 표정을 지었다.

하지만 곧 흑기병과 테라를 떠올리자 재중이 알고 있는 것이 당연하게 느껴졌다.

"네."

바네사가 자신이 만난 동료는 믿을 만하다고 다부진 눈동자로 대답했다.

하지만 재중은 바네사의 대답에도 무표정했다.

"오늘 CIA에서 나에게 접근했다."

흠칫!

"그들이… 왜요?"

바네사가 재중에 떨리는 목소리로 물었다.

재중에게 CIA라는 말이 나왔다는 것부터 이미 많은 것이 틀어졌다는 것을 느낄 수 있었다.

"그건 나도 모르지. 거기다 그들은 이미 네가 연아의 비서로 있다는 것까지도 알고 있던데, 그들이 말하는 배신자라는 뜻이 뭐지?"

재중은 사실 바네사가 과거에 어떤 삶을 살았든 별 관심이 없었다.

그것은 지금도 마찬가지였다.

하지만 바네사의 과거의 삶이 지금 연아에게 영향을 끼친다면 이건 이야기가 달라졌다.

그리고 CIA 같은 정보국 녀석들이 한번 귀찮게 굴기 시작하면 어지간한 재중이라도 피곤해질 수밖에 없다는 것을 잘 알고 있다.

지금이야 스미스 요원을 돌려보냈지만 그건 임시방편에 불과했다.

결국 재중이 처리해야 되는 일이라는 뜻이다.

이미 일이 이렇게 됐으니 아무것도 모르고 움직일 수는

없었다.

"…그건 아프리카 작전이 틀어졌기 때문이에요."

재중이 별다른 반응이 없자 바네사는 잠시 숨을 고르면서 눈을 감았다가 뜨더니 말을 이었다.

"본래 저는 북아프리카에 있는 반란군의 기밀을 빼내는 임무를 맡고 있었고, 저와 함께 요원 다섯 명이 침투했어요. 그런데 저희는 침투하자마자 반란군에 잡혔죠."

"정보가 샜군."

재중은 대번에 핵심을 짚어 말했다.

"네. 그리고 그 내통자가 전 CIA 부국장이라는 것을 알기까지 꽤 많은 시간이 걸렸죠."

전직 CIA 요원, 그리고 전직 킬러라는 것을 생각해 보면 굳이 바네사가 말하지 않아도 왜 CIA에 쫓기는지는 대충 감이 왔다.

"복수를 했군."

재중이 이야기를 다 듣지도 않고 단정적으로 말하자,

"네."

바네사도 굳이 설명하지 않고 고개를 끄덕였다.

숨기고 싶은 과거이기 때문이다.

재중은 귀찮은 일이 드러났다는 생각이 들었다.

CIA는 정보력도 대단하지만 동시에 끈질기기로도 세계

적으로 알아주는 곳이다.

"바네사."

"네."

"네가 살아 있다는 정보가 네 동료를 통해서 새어 나갔다."

움찔.

바네사는 재중의 굳은 목소리와 그 내용에 놀라 재중을 쳐다봤다.

Chapter 08
이동

재중귀환록

하지만 바네사는 이내 고개를 저었다.

"아니에요. 그들은 제 목숨을 맡길 수도 있는 녀석들이에요."

재중은 쉽게 받아들이지 못하는 바네사의 모습에 고개를 흔들면서 일어섰다.

그리고 바네사 앞으로 가서 귓가에 속삭이듯 말했다.

"시간은 사람을 변하게 만들어. 동시에 돈도 사람을 괴물로 만들지. 안 그래?"

"하지만 그 녀석들은……."

바네사는 계속되는 재중의 말에도 쉽사리 받아들이지 못했다.

그런 바네사를 향해 재중은 잔인할 만큼 냉정하게 말했다.

"세포 복제로 클론을 만들어 너의 시체를 증거로 보여 주었는데 네가 살아 있다는 사실을 아는 사람이 몇 명이나 된다고 생각하지?"

뜨끔.

바네사는 재중의 마지막 말에는 아무 말도 할 수가 없었다.

유전자까지 똑같은 시체를 만들어서 죽은 것으로 알려진 바네사였다.

그녀가 살아 있다는 것을 아는 사람은 재중과 테라, 그리고 바네사가 만난 동료들뿐이다.

"내가 CIA에 알렸을까?"

재중이 날카롭게 묻자,

"그건… 아니에요."

바네사도 알고 있다.

재중이 유일하게 아끼는 동생의 비서로 있는 자신을 CIA에 알릴 이유가 없었다.

그리고 재중이 아니라면 남은 것은 하나뿐이라는 것도 결국 받아들일 수밖에 없었다.

"인간은 환경에 따라 변하는 법이야. 과거야 어떻든 간에 말이지."

재중은 나직하게 한마디 남기고는 바네사의 귓가에서 떨어졌다.

"하지만 어째서 녀석들이 저를… 저를 배신했단 말인가요?"

그렇게 동료들을 믿었는데 녀석들 중에 배신자가 있다고 한다.

머리로 받아들이기는 했지만 쉽사리 그 충격이 가시질 않았다.

"그건 나도, 그리고 너도 모르지. 그리고 알 필요도 없고."

"……."

"숙소를 옮긴다."

"네."

이미 CIA의 목표가 된 이상 이렇게 호텔에 머무는 것은 바보 같은 짓이다.

바네사가 상황을 파악하고 고개를 끄덕였다.

"난 네가 과거에 뭘 어쨌든 상관 안 해. 그건 나를 죽이려고 온 킬러였다는 것도 포함해서이다."

"…네."

확실히 테라의 말대로 재중은 한번 인정하면 대인배 같은 모습을 보여주었다.

"하지만 네 과거로 인해서 내 주변이 위험해지는 것은 반기지 않아."

"미안해요."

CIA가 쫓기 시작하면 아무리 재중이라도 귀찮아질 것은 뻔하다.

바네사가 사과하면서 고개를 숙였다.

재중이 자신을 버린다고 해도 할 말이 없는 상황이다.

그런데 재중은 바네사의 이런 생각과 전혀 다른 말을 했다.

"우선 MI6에서 만든 안전가옥으로 장소를 옮기자."

"네?"

"그럼 다른 안전한 곳이라도 알고 있나?"

"아니, 그건 아니에요."

"그럼 그렇게 알고 있어. 연아와 서영이에게도 짐 챙기라고 하고."

"네."

방금 전까지 재중이 자신을 버릴 것으로 생각하던 바네사였다.

한데 자신까지 모두 데리고 간다는 재중의 말에 조금

놀란 표정을 지었다.

자신은 언제든지 버림받을 수 있는 존재라고 은연중에 생각하고 있었으니 말이다.

그리고 그때 바네사의 머릿속으로 테라의 목소리가 들렸다.

─마스터는 한번 받아들인 자는 끝까지 책임지시지. 그러니까 배신만 하지 마. 후후훗.

이렇게 될 줄 알고 있었다는 듯 테라의 목소리가 머릿속을 스쳐 지나갔다.

순간 바네사의 입가에 미소가 그려졌다.

갈 곳이 없어진 자신을 유일하게 받아준 재중에게 결국 바네사도 진심이 되어버린 것이다.

재중은 세프를 대놓고 불렀다.

그룹으로 이동할 수 있는 공간이동마법을 이용하기 위해서는 사실 세프의 도움이 절대적이다 보니 어쩔 수 없었다.

그리고 너무나 황당할 만큼 간단하게, 재중 일행은 세프의 마법을 통해 린다 마릴이 만들어놓은 안전가옥으로 한번에 이동해 버렸다.

물론 갑자기 나타난 많은 인원에 안전가옥을 지키고 있던 요원들이 일순 당황했다.

하지만 재중이 적절하게 설명해 마법이라는 것을 받아

들이긴 했다.

다만 그런 전후 사정을 모르는 린다 마릴만 호텔에 뒤늦게 들렀다가 연아 일행이 사라진 것을 알고 몇 시간 뒤에야 안전가옥으로 돌아왔다

                    *   *   *

"이곳도 안심할 수 없어요! 그러니까 옮겨야 해요!"

안전가옥으로 가장 마지막에 돌아온 린다 마릴이 바네사와 잠시 대화를 나누고 난 뒤 한 말이다.

린다 마릴은 모습을 드러내자마자 모두에게 큰 소리로 저 말을 외쳤다.

"어째서 그러는 건가?"

사이먼은 지금의 안전가옥이 나름 마음에 들었다.

그렇기에 방금까지도 남은 세 명도 찾아서 이곳으로 데리고 올 생각이었다.

그런데 갑자기 린다 마릴이 안전가옥을 옮겨야 한다는 말을 꺼낸 것이다.

사이먼이 무엇 때문인지 궁금하다는 표정으로 물었다.

"CIA에서 여기를 알고 있을 가능성이 높기 때문에 어쩔 수가 없어요."

"갑자기 왜 CIA가?"

사이먼을 비롯해 마나의 인도자들은 아직 바네사의 사정을 듣지 못한 상황이다.

영문을 모르겠다는 표정의 그들에게 린다 마릴이 대충 사정을 설명해 주었다.

이야기를 다 듣자 마나의 인도자들의 표정이 굳어졌다.

"방법이 없는 건가?"

헨기스트가 조용히 물었다.

"네. 상대가 마법사라면 모르지만 같은 정보기관인 CIA라면 그들도 이곳의 존재를 알고 있을 가능성이 상당히 높아요."

"별수 없지."

재중의 일행이기에 사이먼과 헨기스트는 그대로 받아들였다.

그런데 카디스는 모두의 대화를 가만히 듣고 있더니 천천히 일어섰다.

"혹시 방금 공간이동마법이 거리에 제약을 받지는 않습니까?"

카디스의 질문은 모두에게 하는 것 같았지만, 정확히는 재중에게 한 것이었다.

"거리는 상관없습니다."

재중은 카디스의 질문에 간단하게 대답했다.

"그럼 세상 그 누구도 모르는 곳이 한 곳 있습니다."

"……?"

린다 마릴은 CIA가 추적하지 못하는 다른 안전가옥을 떠올리지 못해 지끈거리는 머리를 부여잡고 있던 중이었다.

카디스의 말을 듣자마자 고개를 번쩍 들고 그를 바라보았다.

"본래 제가 알람을 추적하면서 쉬기 위해서 만든 곳이지만, 만들기만 하고 저도 한동안 찾아가지 않았으니 지금은 어떤 상황인지 모릅니다. 하지만 세상 그 누구도 모르는 곳이라는 것은 확신할 수 있죠."

"그럼 가요!"

린다 마릴은 지금의 상황에 카디스의 말이 너무나 반가웠다.

당장 거처를 옮겨야 하는 상황에 한줄기 빛이나 다름없었다.

재중도 생각이 있는지 카디스를 보면서 물었다.

"위치가 어디죠?"

"무인도입니다. 물론 겉으로만 무인도일 뿐 이미 섬을 사면서 모든 조치는 다 취해놓은 상황이니 불편함은 없을 겁니다, 재중 님."

"무인도라……. 거리가 제법 되겠군요."

"네."

그렇다.

카디스는 안전가옥으로 숨어 있기에 정말 멋진 곳을 알고 있었다.

하지만 현재 자신들이 있는 이곳에서 무인도까지의 거리가 무려 100㎞가 넘는다는 것이 문제였다.

그래서 재중에게. 연아와 일행을 데리고 올 때 사용한 공간이동마법의 거리를 물어본 것이다.

"상관없습니다. 여기서 한국까지도 가능하니까요."

흠칫!

공간이동마법 자체는 5서클인 카디스 자신도 사용할 수 있다.

하지만 공간이동마법의 수식이 너무나 복잡하고 공간을 접어서 뛰어넘는다는 개념 자체가 많은 이해력을 요구한다.

때문에 카디스는 공간이동마법을 사용한다고는 해도 기껏해야 비상 시 탈출용으로 랜덤하게 공간 이동하는 블링크에 가까웠다.

거리도 100미터가 한계였다.

하지만 재중은 그리스에서 한국까지도 이동이 가능하다는 말에 몸이 굳어버렸다.

그것이야말로 진정한 공간이동마법이라고 할 수 있으니 말이다.

"하지만 저도 모르는 곳으로 이동할 수는 없습니다. 그건 아시죠?"

"그래서 여기 지도를 준비했습니다."

재중은 카디스가 넘겨준 지도를 머릿속에 모두 집어넣고는 돌려주었다.

그리고 곧바로 출발할 준비를 했다.

CIA에서 언제 들이닥칠지 모르는 상황에 1분 1초도 허비할 순 없었다.

"홀로 가실 겁니까?"

카디스는 재중이 곧바로 움직일 준비를 하기에 물었다.

"네, 혼자가 가장 편하더군요."

재중은 그것이 사실이기에 그냥 말했을 뿐이다.

한데 그 말을 들은 린다 마릴이 재중을 한번 째려보고는 고개를 돌려 버렸다.

"알겠습니다. 그럼 저희는 준비하고 있겠습니다."

재중이 그곳에 도착해서 좌표를 정확하게 얻거나 아니면 그곳에 공간이동 마법진을 연결할 수 있게 만들면 바로 이동할 수 있다.

이쪽에서도 이동할 준비를 서둘러야 했다.

"오빠, 혼자 가도 괜찮은 거야?"

연아는 아무리 재중이 강하다고 해도 역시나 걱정이 되는 것은 어쩔 수가 없었다.

천서영도 걱정스러운 표정이긴 했지만, 연아보다는 재중의 무력을 꽤나 많이 알고 있기에 연아처럼 걱정스러운 표정을 드러내진 않았다.

하지만 눈빛이 떨리는 것을 본 재중은 그냥 한번 웃어주었다.

'정말 저 사람의 마음을 내가 붙잡을 수 있을까?'

천서영은 재중의 옆에 서는 것에 성공했다.

하지만 어째서인지 재중의 마음을 붙잡는 것이 힘들지도 모르겠다는 생각이 들었다.

물론 최근에 여러 가지 일이 겹치면서 그런 생각이 드문드문 들긴 했었다.

하지만 지금처럼 깊게 다가오지는 않았다.

"그럼 짐 싸고 준비하고 있어."

재중은 그 말을 남기고는 모두가 보는 앞에서 감쪽같이 사라져 버렸다.

무려 5서클 마법사가 세 명이나 보는 앞에서 말이다.

Chapter 09
예상 밖의 적

재중귀환록

"역시 혼자가 편해."

재중은 안전가옥을 나온 뒤 바로 자신의 존재감을 바닥까지 끌어내리고는 건물 옥상을 통해 이동하기 시작했다.

지도에 표시된 섬을 향해 오로지 일직선으로 움직일 생각이다.

그런데 대략 10분쯤 움직여 사람들이 밀집한 지역을 거의 벗어났을 무렵이다.

"……?"

재중의 감각에 무언가 빠르게 다가오는 것이 느껴졌다.

"뭐지?"

빨랐다.

하지만 누군가의 저격 같은 것은 아니었다.

인간의 움직임에 비하면 거의 서너 배는 빨랐지만, 총알 같은 것에 비하면 한없이 느렸다.

그리고 다가오는 방향을 살펴보니 정확하게 재중 자신을 향해 오고 있었다.

"남은 삼 인 중에 누군가가 밖으로 나온 것인가?"

아무리 훈련된 인간이라도 지금 재중이 느끼는 움직임을 가질 수 없다.

당연히 마나의 인도자들을 생각하게 된 재중이 움직이던 속도를 늦췄다.

그러자 다가오던 것도 재중이 속도를 늦춘 만큼 속도를 바꿨다.

그것을 확인한 재중이 그대로 자리에서 멈추었다.

마침 인적이 전혀 없는 언덕 위였다.

정체를 모를 무언가가 따라오는 것을 무시하기보다는 차라리 미리 처리하는 것이 안전하다고 판단했다.

몇 분이 지났다.

저 멀리서 시커먼 것이 한 번의 도약으로 몇 미터를 뛰어서 빠르게 다가오는 것이 재중의 시야에 보이기 시작했다.

화르륵!!

재중은 몸 안의 마나를 활성화시키고 곧바로 활성화된 마나를 눈에 집중해서 다가오는 것을 보았다.

"검은색에 헬멧까지 쓰고 이상한 슈트를 입고 있는 것이… 뭐지?"

재중은 생전 처음 보는 시커먼 헬멧에 갑옷처럼 입은 슈트의 모습에 고개를 갸웃거렸다.

―마스터.

"응?"

―저거 인체 강화 슈트예요.

"인체 강화 슈트? 그게 뭔데?"

재중은 처음 보는 것이기에 테라에게 물었다.

―인간의 근육에 전기적 자극을 이용해서 보통 사람의 다섯 배까지 근력과 민첩성, 그리고 지구력까지 사용할 수 있게 하는 슈트예요.

"그런 건 어디서 알아낸 거야?"

재중 자신도 눈으로 보면서 정체를 판단하기 어려운데 어떻게 테라는 알고 있는지 궁금했다.

하지만 테라는 간단하게 대답했다.

―바네사가 말해줬어요. 마스터께서 보는 것을 그대로 전해줬더니 알고 있었어요.

테라의 확답을 들은 재중은 곧바로 양손에 주먹을 쥐었다.

최소한 좋은 의도로 다가오고 있는 것 같진 않았다.

그리고 역시나 재중의 생각대로였다.

쉐에에에엑!!

그것은 재중을 확인하자마자 마치 한 마리 검은 야수처럼 그대로 달려들었다.

쾅!

재중은 우선 가볍게 막아볼 생각으로 그대로 검은 슈트의 몸을 손으로 막았다.

달려오던 속도가 상당했기에 주변의 공기가 크게 흔들렸다.

검은 슈트의 움직임이 멈추자 재중의 손이 빠르게 움직였다.

잡고 있던 어깨를 비틀어 오로지 순수한 힘으로 검은 슈트를 옆으로 던져 버린 것이다.

털썩!

벌떡!

검은 슈트는 공중에서 회전하면서 땅에 한 번 구른 뒤 벌떡 일어섰다.

하지만 이번에는 검은 슈트도 재중을 경계하며 바로 덤

비지 않았다.

"너 뭐냐?"

재중이 심드렁하게 물었지만 검은 슈트는 대답할 생각
이 없어 보였다.

대신 재중의 눈에 보일 정도로 강한 스파크가 검은 슈
트의 몸에 흐르기 시작했다.

치지직!

팍!

그리고 다시 땅을 박차고 몸을 날린 검은 슈트의 움직
임이 처음에 달려들 때와 확연히 달라져 있었다.

하지만 재중은 그런 녀석의 움직임에 맞춰서 몸을 살짝
비틀어 검은 슈트의 주먹을 가볍게 잡아버렸다.

"대답하기 싫다면 억지로 들어야겠지."

상대가 말하지 않는다면 억지로라도 듣겠다고 생각한
재중이다.

잡고 있는 검은 슈트의 손목을 그대로 안으로 잡아당기
자 녀석이 재중의 품으로 빨려들어 왔다.

쾅!!

검은 슈트의 헬멧에 재중의 주먹이 내려꽂혔다.

털썩.

한 방이었다.

재중의 주먹이 검은 슈트의 헬멧을 그대로 찍어 눌러 버린 것이다.

주먹은 검은 슈트의 뒤통수에 마치 커다란 해머로 찍힌 듯한 흔적을 남겼다.

"세상에 별의별 신기한 게 다 있구만."

재중이 비록 힘을 많이 쓴 것은 아니지만 자신의 주먹에 검은 슈트의 헬멧이 부서지지 않았다.

그리고 그 모습에 조금 놀라는 중이다.

웬만한 바위도 뚫어버릴 정도의 힘을 썼는데 헬멧엔 주먹 자국만 남아 있다.

"그럼 어디 얼굴 좀 볼까?"

재중은 호기심보다는 정체를 확인하기 위해 쓰러진 녀석의 헬멧을 잡고 벗기려 했다.

한데 어째서인지 헬멧이 벗겨지지 않았다.

"뭐야, 이거?"

마치 슈트와 일체화된 듯 헬멧과 슈트의 틈을 찾을 수가 없었다.

"쩝, 결국 벗겨야 되나?"

그냥 얼굴만 확인하고 가려 한 재중이다.

한데 어쩔 수 없이 슈트를 벗길 수밖에 없는 상황이 되자 눈살을 찌푸렸다.

"쓸데없는 걸로 시간 뺏기는구만."

그런데 막상 슈트를 벗기려고 해도 이놈의 슈트가 어떻게 된 것인지 벗기는 방법을 찾을 수가 없었다.

불과 몇 분 정도였지만 모두 살펴봐도 도무지 슈트를 벗겨낼 방법을 찾을 수가 없었다.

"그냥 가야겠네."

뭐 하는 녀석인지 궁금하긴 했지만, 지금은 연아를 안전한 곳에 옮기는 것이 먼저였다.

재중이 그대로 돌아서서 몇 발 옮길 때였다.

부스럭.

뒤에서 인기척이 들리더니 황당하게도 재중의 주먹을 직격으로 맞은 검은 슈트가 일어선 것이다.

"맷집도 상당한가 보네, 저 슈트는."

물론 재중이 마음먹고 힘을 사용한 게 아니긴 했다.

하지만 인간이 버틸 수 있는 한계를 넘어선 힘을 사용했다.

당연히 적어도 며칠은 기절해 있을 것이라고 생각했던 재중이다.

한데 검은 슈트는 몇 분 만에 깨어난 것이다.

하지만 재중은 그런 검은 슈트를 보면서 오히려 입가에 미소를 지었다.

치지직!

검은 슈트의 몸에서 짧게 스파크가 튀었다.

마치 재중과 2라운드를 시작하겠다는 듯 말이다.

그런 검은 슈트를 본 재중이 나직하게 말했다.

"이래서 적당히 밟으면 안 되는 거야. 크크크큭."

마치 재미있는 장난감을 발견했다는 듯 재중의 표정이 익살스럽게 변했다.

그리고 그 순간 재중의 모습이 사라져 버렸다.

쾅!!

다시 재중이 모습을 드러낸 것은 검은 슈트가 서 있던 자리다.

물론 검은 슈트는 재중의 주먹을 맞고 몇 미터나 뒤로 날려간 뒤였다.

그런데 재중의 표정이 오히려 웃고 있었다.

"이걸 막았단 말이지. 크크큭."

재중이 모습을 드러내면서 주먹을 내지르는 순간, 황당하지만 검은 슈트가 정확하게 재중의 주먹이 날아오는 방향을 예측이라도 한 듯 재중의 주먹을 막은 것이다.

하지만 이미 제대로 힘을 쓰기로 한 재중의 힘을 감당할 수 없던 검은 슈트였다.

그는 땅바닥에 내동댕이쳐지듯 뒤로 날려가 버렸다.

부스럭.

그리고 다시 일어서는 검은 슈트를 본 재중은 흡족한 듯 웃었다.

"그래야지. 나에게 덤볐으면 일어서야지. 크크큭."

다시 재중의 신형이 사라져 버렸다.

쾅!!

이번에는 조금 더 묵직한 소리가 들렸고, 결과는 역시나 비슷했다.

재중은 검은 슈트가 서 있던 곳에 서 있고, 조금 더 멀리 내동댕이쳐진 검은 슈트는 부스럭거리면서 일어서고 있었다.

그런데 이번 공격도 막은 모습에 재중은 고개를 갸웃거렸다.

"뼈가 부러졌을 텐데."

재중의 주먹에 분명하게 감각이 남아 있었다.

막는 순간 재중의 힘을 이기지 못한 검은 슈트의 팔뼈가 부러지면서 안으로 파고드는 것을 느꼈던 것이다.

하지만 신음 소리 하나 내지 않는 검은 슈트의 모습에 재중은 이상하다는 생각이 들었다.

아무리 훈련받은 사람이라도 뼈가 부러지는 순간 그 고통은 참을 수 없을 정도이다.

당장 맞는 순간에는 모를 수도 있지만 지금 다시 일어서는 검은 슈트를 보니 뭔가 어색한 모습이 보였다.

그는 부러진 팔을 지지대 삼아 일어서고 있었다.

"고통을 느끼지 못하는 건가?"

부러진 팔을 지지대 삼아 일어선다는 것은 있을 수 없는 일이었다.

부러진 뼈가 신경을 건드리는 순간 온몸이 찢어지는 고통이 느껴질 테니 말이다.

하지만 검은 슈트는 자신의 팔이 부러졌다는 것에 별로 개의치 않는 모습이었다.

그리고 일어서서 덜렁거리는 양쪽 팔을 확인하더니 갑자기 몸을 돌려 도망치기까지 했다.

타타타타타!!

말도 안 되는 속도로 말이다.

하지만 그렇게 도망가는 검은 슈트를 본 재중은 피식 웃으면서 손을 앞으로 내밀었다.

쿵!!

검은 슈트 위로 보이지 않는 커다란 망치가 내려찍은 듯 정확하게 지면이 눌려 버렸다.

팔이 부러져 일어서는 것도 힘든 판에 갑자기 중력이 몇 배나 늘어나며 짓누르게 된 상황이다.

검은 슈트는 바닥에서 발버둥을 치며 버둥거릴 뿐 일어서지 못했다.

꿈틀꿈틀.

"정말 계속해서 이상한 것들이 튀어나오네. 귀찮게."

결국 재중은 검은 슈트에게 다가가 주먹을 야무지게 말아 쥐고 다시 한 번 검은 슈트의 헬멧을 내려쳤다.

뻐어억!!

털썩!

부들부들.

이번에는 제대로 충격이 갔는지 검은 슈트는 간질 걸린 사람처럼 잠시 온몸을 떨다가 축 늘어졌다.

쩌저적, 쩌억!

그리고 운이 좋게도 때마침 헬멧이 부서졌다.

그러면서 드디어 검은 슈트 안의 얼굴이 드러났다.

"어라? 여자?"

그런데 황당하게도 헬멧이 벗겨진 것을 확인하고 보니 여자였다.

그것도 이제 스무 살이 갓 넘었을 법한 아직 어리고 앳된 여자이다.

찌이익!

거기다 헬멧이 벗겨지는 것이 신호였던 것 같다.

그렇게 벗기려고 해도 방법을 찾을 수가 없던 검은 슈트였다. 하지만 헬멧이 부서져서인지 정확하게 가슴을 중심으로 벌어지면서 벗겨지기 시작한 것이다.

거기까지는 좋았지만, 뜻하지 않게 조금 민망한 모습을 본 재중이었다.

"속옷이라도 입고 슈트를 입어야 하는 거 아닌가?"

그랬다.

황당하게도 슈트가 벗겨진 여자는 완전 나체였다.

말 그대로 실오라기 하나 걸치지 않는 몸으로 슈트를 입은 것이다.

거기다 헬멧이 부서지면서 저절로 벗겨진 검은 슈트는 재중이 다시 입히려고 해도 소용이 없었다.

벗기려고 해도 도무지 벗길 수 없던 슈트가 이제는 다시 입히려고 해도 입혀지지 않는 것이다.

"테라, 주변 이미지를 변환해서 와봐."

별수 없이 재중은 테라를 불렀다.

—네, 마스터.

기다렸다는 듯 환한 미소를 지으면서 재중의 그림자에서 모습을 드러낸 테라가 이미지 마법을 펼쳤다.

그러자 재중이 서 있는 곳에 반구 형태로 얇은 막이 생겨났다.

그리고 재중과 검은 슈트의 모습이 사진처럼 그려지더니 반구 형태의 막 바깥쪽에 그려지면서 CCTV에 가짜 사진을 붙여놓은 것처럼 되었다.

한마디로 속임수를 쓴 것이다.

이미지 마법이 성공하자 테라는 곧바로 아공간에서 트레이닝복을 꺼냈다.

그리고 그것을 능숙한 손길로 검은 슈트를 벗은 여자에게 입히기 시작했다.

"어째 능숙하다?"

그런 테라를 본 재중이 슬쩍 한마디 했다.

─호호호, 잠깐 이렇게 인형놀이를 한 적이 있거든요.

뭔가 황당한 말이다.

하지만 재중을 만나기 전에 테라가 어떻게 살았는지는 상관없기에 재중은 개의치 않고 더 묻지 않았다.

그보다 문제는 저 여자였다.

갑자기 나타나 재중을 공격했다.

거기다 자신이 불리하자 도망치기까지 했다.

─자, 그럼 이 슈트는 우선 아공간에 넣어버리고.

벗겨진 검은 슈트와 부서진 헬멧을 집어 든 테라는 그대로 그것을 자신의 아공간에 넣어버렸다.

그리고 기절한 여자를 가볍게 한 손으로 집어 들고서

재중을 쳐다보았다.

　—마스터, 버릴까요?

　테라의 목적은 오직 슈트였기에 여자에게는 관심이 없었다.

　그래서 여자를 어떻게 할지 우선 재중에게 물었다.

　"아직은 묻고 싶은 게 있으니 살려둬."

　—네.

　그러자 테라는 여자를 한 손으로 집어 들고 재중의 그림자 속으로 사라져 버렸다.

　한편 재중은 다시 가려던 길을 가려고 한 걸음 옮기다가 멈칫했다.

　무언가 생각난 것이다.

　"어떻게 정확하게 날 쫓아왔지?"

　존재감도 완전히 바닥까지 떨어뜨렸기에 재중이 출발할 때부터 따라왔다고는 생각되지 않았다.

　애초에 그랬다면 재중이 이제 와서 눈치챘을 리가 없다.

　그럼 중간에 재중을 따라왔다는 것이다.

　그렇다면 도대체 어떻게 그 멀리서 이렇게 정확하게 재중을 찾아낸 것일까?

　재중은 도저히 그 방법을 알 수가 없었다.

재중은 걸음을 멈추고 생각에 잠겼다.

당연하지만 지금 상황에서 더 이동할 수는 없었다.

이대로 카디스가 만든 곳에 도착한다면 그건 오히려 누군지 모르는 녀석에게 안전가옥 위치를 안내를 해주는 결과밖에 되지 않았다.

─마스터!

그런데 재중의 그림자를 통해 안전가옥으로 돌아간 테라가 갑자기 재중을 다급하게 불렀다.

"……?"

─CIA예요, CIA!

"그렇군. 감시 위성이었나?"

바네사가 검은 슈트를 알아본 것이다.

재중은 테라가 CIA라고 하자 상황을 파악할 수 있었다.

그들이 어떻게 재중의 위치를 정확하게 파악했는지 충분히 추측이 가능했다.

그런데 정보가 더 있었다.

─검은 슈트, 그것은 CIA에서 마나의 인도자들을 상대하기 위해 만들어낸 생체 병기라고 해요, 마스터.

"생체 병기?"

재중은 생각지도 못한 말에 잠시 놀랐다.

하지만 가만히 생각해 보니 완전히 말이 되지 않는 것

도 아닌 것이다.

확실히 일반적인 인간이라면 재중의 무력을 한번 겪어 보고 나서 다시 덤빈다는 것은 쉽지 않은 일이다.

거기다 부러진 팔을 지지대 삼아 일어서는 행동은 더더욱 황당했다.

―네. 바네사도 슈트와 기절한 여자를 보더니 확신했어요.

"그 말은 바네사가 CIA로 활동할 때부터 이미 존재했다는 말이군."

재중이 나직하게 말하자,

―네. 그런데 그 당시에는 슈트만 만들어진 상태였다고 해요. 인체 실험에서는 계속 실패해서 폐기 직전까지 갔던 프로젝트라고 하는 것을 보면 부작용이 많았던 것 같아요.

확실히 부작용이 많을 수밖에 없다.

방금 재중이 본 바로는 전기 자극으로 근육의 힘을 강제로 끌어 올렸었다.

이것이 부작용이 없을 리가 없다.

우선 가장 먼저 전기 자극으로 강제로 힘을 끌어 올린 근육부터가 문제다.

억지로 힘을 끌어낸 근육은 슈트를 벗는 순간 찢어져

버릴 것이다.

동시에 온몸의 신경이 비명을 지르면서 아마 살아 있는 동안 겪을 수 있는 고통이란 고통은 모두 느낄 터였다.

온몸의 근육이 찢어진다고 생각해 보라.

그 고통을 견딜 수 있는 사람이 과연 있을까?

더구나 그렇게 찢어진 온몸의 근육을 회복하는 데도 최소 몇 년은 걸릴 것이다.

어쩌면 평생 누워서 진통제를 맞고 살아야 할지도 몰랐다.

그 정도로 후유증이 심할 수밖에 없는 일이다.

즉 폐기될 수밖에 없는 프로젝트라는 것은 재중도 충분히 예측 가능했다.

하지만 문제는 결국 그게 성공해서 재중의 눈앞에 결과물이 나타났다는 것이다.

거기다 재중이 상대해 보니 5서클의 마법사라도 저 생체 병기에게 기습당한다면 적잖이 피해를 입으리라 예상됐다.

그만큼 처음 몸통 박치기는 제법 위력적이었으니 말이다.

―그보다 마스터가 잡은 여자, 클론인 것 같아요.

"클론?"

─네, 예전에 제가 바네사의 세포로 키메라를 만든 것과 비슷한 유전자 구조가 보이구요, 거기다 결정적으로 생각하는 능력이 없어요.

"시키면 시키는 대로 움직이는 꼭두각시라는 말이야?"

재중이 황당해서 되물었다.

─네, 뇌의 크기가 일반 인간의 1/2밖에 되지 않는 것을 제가 직접 확인했으니 바네사의 말이 대부분 맞는 것 같아요.

"미치겠군."

CIA로 돌아간 스미스가 최소한 하루 정도는 시간을 벌어줄 것으로 생각한 재중이다.

그런데 이제 겨우 한 시간 정도 지났을 뿐인데 감시 위성을 통해 재중을 찾아냈다.

그 사실 자체도 대단한데 찾아내자마자 생체 병기를 보냈다.

이것은 이미 더 이상의 협상은 없다는 뜻이나 마찬가지였다.

"기계를 상대로 한다면 존재감을 지워봐야 소용없겠군."

존재감을 지우는 것은 살아 있는 생명체가 무의식적으로도 느끼지 못하게 하는 방법이다.

감시 위성과 같은 기계에게는 아무런 소용이 없었다.

"셰프."

재중은 조용히 셰프를 불렀다.

─네, 재중 님.

"CIA 감시 위성이 붙었다. 처리할 수 있겠어?"

재중은 이런 쪽으로는 셰프가 가장 확실하기에 물어보았다.

─잠시만 기다려 주세요, 재중 님.

셰프는 곧바로 자신의 태블릿 PC를 꺼내 무언가 조작하기 시작했다.

한데 무언가 잘 풀리지 않는 듯했다.

─재중 님, 시간이 필요합니다. 제 위성을 그쪽으로 이동시켜야 제어가 가능할 것 같습니다.

CIA 문제를 생각하지 않았기에 그리스에는 셰프의 조종이 가능한 위성이 없었다.

"얼마나 필요하지?"

감시 위성을 달고 움직일 수는 없기에 재중이 물었다.

─30분이면 됩니다.

"그래, 별수 없지."

라스푸틴의 흑마법사들만 해도 골치가 아파 죽겠는데 이제는 CIA까지 귀찮게 한다.

계속해서 꼬이는 일에 재중은 잠시 쉬기로 하고 그대로 주저앉아 버렸다.

어차피 세프의 위성이 도착하는 30분 뒤면 다시 움직여야 한다.

하지만 재중은 쉴 팔자가 못 되었다.

"…이번에는 둘이냐? 나 참."

빠르게 접근하는 반응, 거기다 속도도 익숙했다.

더욱이 오는 방향도 첫 번째 검은 슈트와 똑같은 방향이다.

재중은 이쯤되니 헛웃음이 나왔다.

"CIA에서도 생체 병기는 분명히 중요한 수단일 텐데… 어째서 나를 상대로 두 번이나, 그것도 두 번째는 둘이나 보내는 거지?"

세상에 알려지기로 재중은 그저 돈 많은 젊은 부자에 불과했다.

그걸 생각하면 지금 CIA 이 반응은 너무나 이상했다.

물론 재중의 돈이 황당하게 많긴 했다.

거기다 재중이 잘못되면 그 돈이 모두 미국 손아귀에 조용히 흡수될 것이라는 것도 알고 있다.

하지만 이미 그런 비상수단은 테라가 모두 끝내놓은 상태이다.

혹시라도 재중이 갑자기 세상을 등지고 잠적할 수도 있기에 테라는 처음부터 조직을 점조직 형태로 나눠서 철저하게 자금을 관리했다.

그렇기에 지금까지 재중의 정체가 크게 알려지지 않기도 했다.

하지만 돈만 생각한다면 지금 CIA의 반응은 너무 필사적이라는 느낌이 들었다.

"그만큼 바네사가 중요하다는 말인가?"

스미스 요원이 처음 말한 대로 그들의 목표가 바네사라면 이야기를 달리 생각해 볼 수 있다.

그렇다면 그들이 지금 재중을 잡으려고 혈안이 되어서 생체 병기를 또 보내는 이유는 단 한 가지뿐이었다.

"나더러 인질이 되어달라는 건가. 생사와 상관없는 인질 말이야. 크크크크큭."

재중을 인질로 삼아 바네사를 끌어낼 생각이라는 결론밖에 나오지 않았다.

이렇게 결론을 내리자 재중은 기분이 나빠지기 시작했다.

"내가 만만해 보인다 이거군. 크크크큭."

이미 감시 위성으로 첫 번째 검은 슈트와 일대일로 싸우는 모습을 모두 지켜봤을 것이다.

재중도 그것을 이미 알고 그냥 본신의 힘을 조금 보인 것이다.

하지만 CIA는 그걸 보고서도 다시 녀석들을 보냈다.

그것은 아무리 생각해도 재중을 만만하게 여겼다는 결론밖에 나오지 않았다.

하지만 재중의 그 판단은 약간 틀렸다.

재중이 자신을 얕본 CIA에 기분 나빠하고 있을 무렵, CIA 그리스 지부에서는 생체 병기가 불량품이라는 결론을 내린 상태였다.

아직 완성품이 아니기에 작전 중에 가끔 불량이 나는 경우가 있었다.

그들은 하필 재중을 상대로 움직인 검은 슈트도 그런 경우로 불량을 일으켰다고 생각한 것이다.

그러지 않고서는 도저히 재중의 무력을 믿을 수가 없기 때문일지도 모른다.

재중은 15톤 트럭도 박살 내버리는 무시무시한 생체 병기의 몸통 박치기를 겨우 양손으로 막았다.

그 광경부터 이미 CIA가 잘못 판단할 수밖에 없는 원인을 제공해 주었다.

거기다 검은 슈트가 도망가다가 갑자기 쓰러져서 발버둥 치기도 했다.

그 광경도 멀리서 보기에는 고장 나서 쓰러진 것으로 보였을 테니 말이다.

상식적으로 도저히 불가능한 상황이 겹쳐 일어났던 것이다.

그러다 보니 감시 위성을 통해 상황을 지켜보던 CIA 요원들은 잘못된 판단을 내릴 수밖에 없었다.

그리고 아직 이미지 마법의 영향이 남아 감시 위성에서는 검은 슈트가 땅바닥에 있는 것으로 보였다.

그래서 CIA 측에서는 어쩔 수 없이 생체 병기를 둘이나 보냈다.

하나는 고장 난 것을 회수하는 용도로, 하나는 재중을 데리고 올 목적으로 말이다.

반면 재중은 어째서 저런 황당한 생체 병기를 만들었을까 하는 의문이 들었다.

누가 봐도 저건 미친 짓이었다.

만약 세상에 사람의 세포로 클론을 만들어서 임무 수행을 하는 용도로 사용한다는 것이 알려진다면 어떻게 될까?

아마 CIA는 전 세계적으로 비난을 면치 못할 것이다.

그뿐만이 아니었다.

생체 병기 하나의 위력이 너무나 강했다.

재중이 직접 받아본 검은 슈트의 몸통 박치기는 한마디로 탱크도 멈춰 세울 수 있을 정도였다.

확실히 활용 용도는 무궁무진했다.

하지만 문제는 혹시라도 세상에 알려졌을 경우 후폭풍이 너무나 크다는 것이다.

물론 본래는 마나의 인도자를 처리하려는 목적으로 만든 것이 생체 병기였을 것이다.

하지만 과연 그것 하나만을 위해서 엄청난 돈이 들어가는 프로젝트를 시작했을까? 그런 생각을 해보면 CIA가 그렇게 단순한 녀석들은 아니라는 결론이다.

조금만 생각을 바꿔보면 검은 슈트의 활용성은 무궁무진하게 많았으니 말이다.

당장 재중만 해도 수십 가지의 활용 수단이 떠올랐는데, CIA에서는 이미 적어도 수백 가지는 계획을 세워두고 있을 것이 뻔했다.

즉 그만큼 세상에 알려지면 어떻게 될지 뻔히 보이는 위험부담이 있지만, 그걸 무시할 만큼 엄청난 활용성이 있는 것이다.

물론 아직 완전히 완성한 것은 아닌 것 같지만 말이다.

Chapter 10
생체 병기

재중귀환록

"인간들의 이기심은 도대체 끝이 어딜까."

CIA에서 마나의 인도자들을 적으로 판단하고 생체 병기를 만든 근본적인 이유는 너무나 단순할 것이다.

자신들이 제어하지 못하는 힘이라면 세상에서 지워 버리는 것.

그리고 그런 방식은 그들이 지금까지 매번 반복해 왔던 패턴이었을 것이 뻔했다.

발전이나 조화를 무시한 채 오로지 이익을 위해서 움직이는 존재가 바로 인간이니 말이다.

특히나 CIA 경우 미국의 이익을 위해서라면 무슨 짓이든 서슴없이 저지르는 녀석들이기도 했다.

하지만 생체 병기는 그 선을 넘었다.

휘리리릭!

재중의 몸에서 마나가 급격하게 활성화되자 주변의 마나가 요동치기 시작했다.

마치 지진이 일어나 주변에 파도가 움직이는 것처럼 말이다.

그런데 시간이 지나자 요동치던 마나의 움직임이 재중의 마나와 동화한 듯 움직이기 시작했다.

타타타타타!

동시에 재중이 기다리던 생체 병기 둘이 모습을 드러냈다.

"만들어진 것은 흙으로 돌아가야 순리지."

화르르륵!!

재중의 몸에 회오리치던 마나가 서서히 뭉치기 시작하더니 푸른 불꽃을 일으켰다.

그리고 불꽃은 천천히 한 군데로 모여 푸른색의 날개로 변하기 시작했다.

재중이 진심이라는 증거를 보여주듯 말이다.

펄럭~

마나의 날개가 한번 크게 펄럭이자,

웅! 웅!

주변의 마나가 소리 없이 울리기 시작했다.

가장 먼저 재중에게 다가온 생체 병기는 첫 번째와 똑같이 몸통 박치기를 하려는 듯 그대로 돌진했다.

하지만 이번에는 재중의 대처가 조금 달랐다.

같이 움직였다.

쾅!!

생체 병기가 다가오는 방향으로 곧바로 움직인 재중이 오히려 생체 병기의 품 안으로 파고든 것이다.

그리고 품으로 파고드는 순간, 재중의 팔꿈치가 움직였고 처음과 달리 이번에는 너무나 쉽게 생체 병기의 헬멧이 부서졌다.

뻐억!!

그리고 부서진 헬멧과 함께, 생체 병기는 엄청난 굉음을 내며 자신이 달려든 속도보다 빠른 속도로 뒤로 날려가 버렸다.

무려 100미터 이상을 말이다.

데굴데굴.

털썩.

그걸로 끝이었다.

첫 번째처럼 다시 일어나지 못했다.

그리고 부서진 헬멧이 수박 쪼개지듯 벌어졌다.

당연히 헬멧 속에 있어야 할 사람의 머리 대신 뇌수와 피가 범벅이 된 고깃덩이가 흘러내리면서 말이다.

15톤 트럭도 부숴 버릴 만큼 강한 힘과 위력, 그리고 맷집을 가지고 있는 생체 병기다.

그러나 진심이 된 재중에게는 그저 한 방이면 되었다.

멈칫!

그리고 동료가 한 방에 고깃덩이가 된 것을 본 뒤따라오던 생체 병기의 움직임이 그대로 멈춰 버렸다.

*   *   *

지이잉~

멀리서 CIA 요원이 생체 병기에 달린 카메라를 통해서 상황을 파악 중이었다.

그는 방금 재중의 움직임과 공격을 보고 모르게 멈추라고 명령을 내렸다.

재중은 가만히 서서 생체 병기를 바라보고 있었다.

오싹!

카메라로 보는데도 CIA 요원은 마치 재중이 자신의 눈앞에 있는 듯한 착각이 들었다.

그런데 그 순간, 갑자기 카메라 화면이 꺼져 버렸다.

치이이익! 치직!

"뭐야? 갑자기 화면이 왜 안 나와?"

요원은 당황해서 이것저것 만져 봤지만 어찌 된 일인지 화면이 전혀 작동하지 않았다.

요원이 당황한 목소리로 무전기를 들고 외쳤다.

"당장 버드 작전 지역에 요원 투입!! 버드 작전 지역에 요원 투입!!"

생체 병기가 무려 석 대나 투입된 작전이다.

만약 그 셋을 모두 잃어버린다면 어떻게 될지 생각만 해도 앞이 캄캄해졌다.

요원은 다급한 마음에 무전기에 대고 외쳤다.

하지만 지금 바로 움직여도 최소 추가 지원까지는 십여 분 이상 걸리는 거리라는 것은 인정할 수밖에 없었다.

*　　　*　　　*

—재중 님, 주변의 모든 통신 시설을 비롯해 감시 위성까지 막았습니다.

생각보다 조금 빨리 세프가 재중 주변의 모든 통신 시

설을 마비시켜 버렸다.

그래서 생체 병기의 카메라로 상황을 지켜보던 요원의
화면이 꺼져 버린 것이다.

"명령이 없으면 움직이지 않는 것인가?"

재중이 가만히 서 있는 생체 병기를 향해 천천히 다가
갔다.

하지만 생체 병기는 재중이 다가오거나 말거나 아무런
반응이 없었다.

톡톡.

혹시나 싶어 손가락으로 건드려 보기까지 했지만 역시
나 마찬가지였다.

살아 있긴 하지만 그냥 로봇이나 다름없는 모습에 살짝
김빠진 재중이 돌아서려고 하자,

—마스터, 이거 저 주세요. 네? 네? 네? 네?

갑자기 테라가 애교를 떨면서 생체 병기를 달라고 떼를
쓰기 시작했다.

재중이 가볍게 고개를 끄덕이자,

—야호~ 득템!

테라가 곧바로 재중의 그림자에서 튀어나왔다.

그리곤 가만히 서 있는 생체 병기를 그대로 자신의 아
공간에 집어넣고는 사라져 버렸다.

―마스터, 사랑해요~ 쭈~ 쭈~ 쭈~

"……."

자신이 아주 만족하는 무언가를 얻었을 때 나오는 테라의 오버 애교다.

하지만 재중이 반응이 없자,

―죄송합니다, 마스터.

곧바로 사과하는 테라였다.

아무튼 눈치 하나는 끝내주는 모습이다.

―재중 님, 이제 다시 움직이셔도 됩니다.

재중은 셰프의 목소리에 그대로 몸을 돌려 가던 길을 움직이려 했다.

그러다 문득 머리가 부서진 채 죽어 있는 생체 병기를 한번 쳐다보더니 손을 앞으로 내밀었다.

"만들어진 것은 흙의 품으로."

나직하게 한마디 한 재중의 손에서 푸른색의 순수한 마나로 만들어진 불꽃이 피어올랐다.

그것은 그대로 생체 병기에게 날아가 순식간에 커다란 불꽃으로 변하더니 시체를 태우기 시작했다.

그런데 특이한 것이 검은 슈트와 부서진 헬멧은 전혀 타지 않았다는 것이다.

반면 클론의 몸은 빠르게 불에 타버리더니 흔적도 없이

사라져 버렸다.

뼈조차 남기지 않았다.

"이럴 때는 정말 떠나고 싶군. 지구를."

굳이 알 필요가 없는 것까지 알게 될 때 재중은 짜증이
났다.

더러운 모습을 보면서도 이곳을 지키기 위해 움직여야
하는지에 대해서 말이다.

물론 그렇다고 여기서 그만둘 수도 없었다.

어차피 연아가 살아갈 세상, 그것만은 지켜주고 싶었
다.

"라스푸틴만 처리하자. 그리고 잊자, 세상을."

재중은 생체 병기를 보고서 즉흥적이긴 하지만 그동안
고민하던 것에 결정을 내렸다.

라스푸틴만 처리하고 나면 더 이상 세상에 관여하지 않
을 것이다.

의도지 않게 자신이 움직일 때마다 사건사고가 이어지
는 것을 보면 도저히 끝날 것 같지 않아 보였다.

무엇보다 이제 질려 버렸다고 해야 하는 것이 맞을지도
몰랐다.

CIA의 이번 생체 병기는 도를 지나쳤다고 할 수 있었
다.

이건 마치 흑마법사들이나 할 법한 행동이었다.

CIA의 생체병기는 재중에게 인간이라는 존재가 과연 지구에 살아남아도 되는지에 대한 의문을 던져 주었으니 말이다.

"지구에 필요 없는 존재는 오히려 인간일지도 모르지."

지구 자체를 기준으로 놓고 보면 인간은 해충이었다.

지구에 전혀 도움이 되지 않는 해충 말이다.

하지만 인간의 기준에 놓고 보면 또 지구가 유일한 삶터이기도 했다.

아이러니하게도 모순이 많았다.

―마스터.

재중이 고민에 빠졌다는 것을 느낀 테라가 위로하려는 듯 불렀지만 재중은 무시했다.

위로받을 종류의 고민이 아니었다.

"테라."

―네, 마스터.

"이동 준비나 해놔."

―네, 마스터.

자신의 위로를 무시했다는 것이 불만인지 대답이 좀 불성실하다.

하지만 재중은 피식 웃을 뿐이다.

이 정도로 멀어질 사이가 아니었다.

탓!!

재중이 한 걸음 옮기는 순간, 마치 화살처럼 모습이 사라져 버렸다.

카디스가 만들어놓은 안전가옥을 향해서.

＊　　　＊　　　＊

"세프."

재중이 섬을 향해 움직이면서 세프를 불렀다.

―네, 재중 님.

"아무래도 MI6에서 나에 대한 정보가 CIA로 넘어간 것 같다."

―정보라면 어떤 정보를……. 아, 그렇군요. 알겠습니다. 제가 조사해 보겠습니다.

세프는 재중의 말에 의문을 표하며 말을 이어가다가 왜 재중이 그런 말을 했는지 바로 이해했다.

생체 병기가 재중을 찾아왔다는 것 자체가 이미 재중이 마나의 인도자들과 같은 마법의 힘을 사용한다는 것을 CIA에서 알고 있다는 증거이다.

그리고 재중이 주변 사람들 외에 마법을 사용하는 것을

보여준 것은 린다 마릴이 유일했다.

즉 MI6 외에는 재중이 마법을 사용한다는 것을 전혀 모르고 있다는 뜻이다.

"아무도 모르게 해야 한다는 건 알고 있지?"

─네. 이제부터는 MI6도 완전히 배제하고 조사에 착수하겠습니다.

그래도 그동안 MI6가 보여준 성의를 봐서 재중이 자신의 마나 사용 능력을 살짝 보여준 것이다.

하지만 불과 며칠 만에 그 정보가 CIA로 넘어갔다는 것은 이미 MI6도 CIA 감시 아래에 있다는 것이나 마찬가지였다.

린다 마릴의 입에서 정보가 새어 나갔는지, 아니면 MI6에서 정보가 새어 나갔는지 확신할 수는 없었다.

하지만 불과 며칠 만에 정보가 빠져나갔다는 것은 MI6에 상당히 높은 위치의 스파이가 있다는 뜻이니 이제부터는 철저하게 MI6도 배제할 수밖에 없었다.

안전가옥을 가서도 MI6 요원들을 따로 처리해야 할 만큼 말이다.

"테라."

─네, 마스터.

"MI6 요원들을 따로 분리할 준비를 해놔."

─음, 아예 여기서 움직일 때 잘라 버릴까요?

어설프게 움직이면 CIA라는 꼬리를 달고 움직일 수도 있다. 그래서 테라는 처음부터 MI6를 버릴 생각으로 물었다.

그러나 그랬다가는 CIA도 골치가 아픈데 자칫 MI6까지 적으로 돌릴 수 있었다.

아직은 아니라고 판단한 재중은 고개를 저었다.

"차라리 거기서 알아보는 게 빠르겠다."

─여기서요? 그럼 마스터께서 오셔야 하잖아요.

번거롭긴 하다.

하지만 CIA의 귀에 섬으로 이동하는 것마저 들어가게 되면 생체 병기인 검은 슈트가 이번에는 몇 명이 다시 쳐들어올지 모르는 상황이다.

불편하지만 어쩔 수가 없었다.

조금의 의심이라도 가지고 움직이는 것보다는 차라리 확실히 결정을 짓는 게 낫다.

위험하다 싶으면 아예 MI6를 제외하는 것이 좋을 것이다.

그리고 굳이 이제 와서 재중이 계속 MI6를 달고 다닐 이유도 없었다.

지금 그들과 함께 있는 것도 불편하지 않기 때문이지

필요하기 때문은 아닌 것이다.

"어차피 공간이동으로 움직이면 되니까."

─그럼 준비하고 있을게요.

재중은 섬으로 이동하는 걸음을 다시 멈추고 잠시 주변을 살펴보다가 조용히 그늘진 곳으로 걸어갔다.

그리고 마치 처음부터 그 자리에 없었던 것처럼 사라져 버렸다.

Chapter 11
헤어지기

재중귀환록

"그러니까 지금 저희를 의심한다는 건가요?"

린다 마릴은 재중이 생각보다 빨리 돌아와 잠시 의아해 하다가 마법을 사용하는 재중이라면 그럴 수도 있겠다는 생각이 들었다.

그래서 혼자 납득하고 이동할 준비를 하려는데 재중이 청천벽력 같은 말을 한 것이다.

린다 마릴은 황당하다는 표정을 지었다.

MI6에서 CIA로 정보가 빠져나갔다는 말을 태연하게 하는 재중이 이해가 가지 않았다.

언뜻 상부상조하는 것처럼 보일지도 모르지만, 엄연히 MI6와 CIA는 서로 경쟁 관계의 정보기관이다.

둘 다 자국의 이익을 위해서만 움직인다.

즉 MI6에서 CIA에게 정보를 넘겨준다는 것은 있을 수 없는 일이었다.

그런데 재중이 검은 슈트를 꺼내 린다 마릴에게 보여주자,

"이건……?"

린다 마릴의 눈빛이 순간 굳어졌다.

그 모습을 본 재중은 MI6도 검은 슈트를 알고 있다고 생각했다.

"생체 병기라더군요. 여기 과거 CIA 요원이던 바네사가 확인했고 세프가 다시 한 번 확인했으니까요."

재중이 아예 처음부터 강수를 들고 나왔다.

순간 당황한 린다 마릴의 재중을 보는 눈동자가 흔들렸다.

그도 그럴 것이 MI6에서도 검은 슈트를 비밀리에 개발하고 있었다.

목적은 CIA와 같이 마나의 인도자들을 상대하기 위해서이다.

천외천으로 불리는 마나의 인도자들을 견제하기 위해

서는 그들로서도 어쩔 수 없다는 핑계를 대고 있긴 하다.

그러나 결과적으로 CIA나 MI6나 그놈이 그놈인 것이다.

특히나 마나의 인도자들의 뿌리가 영국이니 오히려 CIA보다 더 급한 것은 MI6였을지도 모른다.

"이건 어디서 구한 거예요?"

린다 마릴이 침착한 표정으로 재중에게 물었다.

하지만 당황한 것을 숨기지 못하는 것을 보니 검은 슈트의 존재가 밝혀져서는 안 되는 타이밍인 것은 확실했다.

"CIA에서 저를 잡으려고 보냈더군요."

꽈악.

재중의 대답에 주먹을 강하게 움켜쥔 린다 마릴은 잠시 재중의 눈을 피해 생각하더니 한숨과 함께 다시 입을 열었다.

"맞아요. 알고 있어요. 왜냐하면 저희도 개발 중에 있었으니까요."

의외로 순순히 말하는 린다 마릴의 모습에 재중은 피식 웃었다.

그리곤 사이먼과 헨기스트, 그리고 카디스를 보면서 말했다.

"마나의 인도자들을 상대하기 위해서라는 말을 뺐군요."

알고 있다는 듯 재중이 먼저 핵심을 꺼내 들었다.

"맞아요, 재중 씨의 말이."

타이밍이 최악이었다.

검은 슈트는 완전하게 안전성이 검증되기 전까지는 절대로 세상에 드러나서는 안 되는 물건이었다.

그런데 바보 같은 CIA가 먼저 사용해서 결국에는 MI6까지 곤란하게 몰린 셈이다.

"흐음!"

사이먼은 검은 슈트에 대해서 이미 세프에게 듣긴 했었다.

그래도 그동안 서로 협조하면서 동반자의 관계를 유지했던 MI6에서 이렇게 자신들의 뒤통수를 칠 준비를 하고 있었다는 것을 확인하게 되자 당연히 화가 났다.

"오늘 이 일은 결코 잊지 않을 것이오, 린다 마릴 요원."

헨기스트가 린다 마릴에게 대놓고 말했다.

그러자 조금 전까지만 해도 얼굴을 보면서 서로 웃던 MI6 요원과 재중의 일행 사이가 순식간에 얼어붙어 버렸다.

배신자라면 지긋지긋한 마나의 인도자들에게 MI6는 최

악의 타이밍에 비밀이 들켜버린 셈이다.

하지만 린다 마릴은 억울하다는 표정을 지었다.

"하지만 저희도 개발 단계일 뿐이에요."

린다 마릴이 항변하듯 재중에게 말했다.

하지만 재중은 그런 린다 마릴의 말에 입가에 미소를 지으면서 되물었다.

"인간의 세포를 이용해서 클론까지 만들면서 말인가요?"

멈칫!

린다 마릴은 재중이 상당히 많은 것을 알고 있다는 것을 인정할 수밖에 없었다.

클론의 존재까지 알고 있다면 거의 대부분 알고 있는 셈이다.

하지만 사이먼은 클론에 대해서 이야기가 나오자 대노했다.

"건방진!! 감히 인간이 신의 영역에 손을 대다니!!"

화르르륵!!!

생명의 영역까지 마음대로 건드렸다는 것에 사이먼이 진노했다.

그의 몸에서 마나가 급격하게 활성화되면서 주변의 마나가 요동치기 시작했다.

더구나 사이먼만 화가 난 게 아니었다.

헹기스트도 눈을 부릅뜨고 린다 마릴을 노려보면서 당장에라도 파이어 볼을 날릴 기세였다.

카디스만이 조용히 쳐다보고 있지만 재중은 느낄 수가 있었다.

여차하면 이곳에 있는 MI6 요원 모두가 한 줌의 재가 되어버릴 수 있다는 것을 말이다.

그런데 재중이 슬쩍 손을 올려서 흔들자,

팔랑~

순식간에 요동치던 주변의 마나가 안정되었다. 동시에 사이먼의 몸에서 타오르듯 날뛰던 마나도 가라앉았다.

"재중… 님?"

사이먼도 지금 자신의 마나를 강제로 제어한 것이 누군지 뻔히 알고 있는 듯 재중을 쳐다보았다.

"아직은 아닙니다. MI6에서 저에 대한 정보를 누가 팔았는지 알아야 하거든요."

"네, 알겠습니다."

절묘한 순간에 재중이 끼어들어 주변의 분위기가 안정되었다.

하지만 이게 임시방편에 불과하다는 것을 린다 마릴도 잘 알고 있었다.

재중이 여기서 빠지면 자신들은 진노한 세 명의 마법사에게 순식간에 흔적도 없이 지워질 테니 말이다.

'어설픈 변명은 통하지 않아.'

이미 재중의 성격을 어느 정도 파악한 린다 마릴은 처음부터 재중에게 숨기는 것을 포기했다.

어설프게 숨기다가는 마나의 인도자들과 역사에 남을 최악의 전면전을 치를 수도 있었다.

그리고 린다 마릴이 이렇게까지 솔직하게 다 말하는 것은 또다른 이유도 있었다.

린다 마릴은 재중에게 희망을 걸고 있었다.

자존심이라면 그 누구보다 높은 마나의 인도자 중 리더이자 수장 격인 셋이 재중에게 공손하게 대하는 것을 지금까지 지켜봐 왔다.

그러다 보니 어떻게든 재중을 설득하면 최소한 전면전은 피할 수 있지 않을까 하는 희망을 걸고 있는 것이다.

물론 도박성이 강하고 재중의 성격이 도무지 종잡을 수 없다는 점이 변수이기는 하다.

하지만 싸움을 할 때 적의 두목을 치는 것만큼 가장 확실한 방법이 없다는 것을 린다 마릴도 잘 알고 있기에 도박을 할 수밖에 없었다.

모든 것을 잃느냐, 아니면 모든 것을 다시 그대로 돌려

놓느냐는 지금 이 순간에 판가름 날 것이다.

"린다 마릴 양."

재중은 평소와 다름없는 목소리로 묻고 있지만, 린다 마릴에게는 그 무엇보다 무섭게 들렸다.

"제가 마나를 사용한다는 것을 누구에게 보고했나요?"

시작이 린다 마릴이었으니 당연히 린다 마릴을 따라가면 찾을 수 있겠다는 생각에 물었다.

"전 재중 씨에 대한 것은 모두 국장님에게 바로 보고하고 있어요."

"그 누구도 거치지 않고 말인가요?"

"네. 저희 넘버링을 가진 요원은 모두 국장님의 지시 외에는 받지 않아요. 상황에 따라 독자적으로 임무 수행을 하는 경우도 많으니까요."

"……."

즉 국장의 입을 통해 재중에 대한 정보가 새어 나갔을 가능성이 높다는 결론이 나왔다.

린다 마릴은 지금까지 대부분의 시간을 재중의 곁에 붙어 있었다.

그리고 그녀가 재중 몰래 통신을 통해 다른 곳에 알리는 것도 세프가 있는 이상 불가능했다.

우선 린다 마릴은 배신자 후보에서는 제외였다.

그런데 재중이 자신의 말을 듣고 침묵하자 린다 마릴의 표정이 급격히 굳어지기 시작했다.

"설마 재중 씨는 국장님을 의심하는 건가요?"

"네."

재중은 우선 가장 의심되는 사람으로 MI6 국장을 빼놓을 수 없었다.

재중이 당연하다는 듯 간단하게 대답하자 린다 마릴은 고개를 세차게 흔들었다.

"그럴 리 없어요. 국장님은 생체 병기 프로젝트를 끝까지 거부하신 분이에요. 그런 국장님이 CIA의 생체 병기를 사용할 수도 있는 재중 씨의 정보를 넘겨줬을 리 없어요."

확신하는 린다 마릴의 눈빛에 재중이 조용히 물었다.

"어떻게 그렇게 확신하나요?"

차분하면서도 듣는 이의 귓가에 선명하게 들리는 재중의 목소리에 린다 마릴이 단호하게 대답했다.

"국장님이 최초 생체 병기 실험 지원자였어요. 그리고 그 실험 때문에 모든 것을 잃어버린 분이에요. 누구보다 생체 병기의 위험성을 알고 있는 분이죠. 당연히 그것의 사용처도 알고 있고요. 그런데 재중 씨가 마나를 사용한다는 것을 CIA에 알리게 되면 생체 병기가 움직일 것이 예상되는데 그런 정보를 넘겨줬을 리 없어요. 절대로!"

재중은 그제야 린다 마릴이 어떻게 검은 슈트를 알아보고 또 지금 비밀리에 개발 중인 생체 병기 프로젝트까지 조금이지만 알고 있는지 짐작이 갔다.

아무리 넘버링 요원이라고 하지만 정도 이상의 정보를 갖고 있어서 조금 이상하게 여겼는데 이유를 알 것 같았다.

거기다 린다 마릴의 표정을 보니 요원과 국장의 사이라고 하기보다는 스승과 제자의 느낌이 강하게 들기도 했다.

무언가 끈끈한 인연이 느껴졌다.

"그럼 MI6에서도 클론을 이용해서 생체 병기를 사용할 계획인가요?"

재중이 나직하게 묻자 순식간에 사이먼과 헨기스트, 그리고 카디스의 시선이 린다 마릴에게 모여들었다.

지금 이들이 분노하는 이유는 바로 생명을 가지고 실험했다는 점에 있었다.

그래서 그 어떤 것보다 클론의 존재 유무가 가장 중요했다.

"아니요. 사실 CIA와 저희 MI6는 거의 비슷한 시기에 생체 병기 프로젝트를 시작했어요. 하지만 결과적으로 그 어떤 인간도 한번 검은 슈트를 사용하고 나면 폐인이 되어

버리기에 폐기 직전까지 갔죠."

확실히 검은 슈트는 전기 자극을 통해 인간이 낼 수 있는 최고의 힘을 넘어선 초인적인 힘을 이끌어낼 수 있는 대단한 슈트이긴 했다.

하지만 문제라면 부하가 너무 심하다는 점이다.

한 번 사용하고 나면 슈트를 입은 사람은 폐기 수준으로 망가졌다.

그것도 100% 확률로 말이다.

"그때 CIA는 방향을 다른 쪽으로 틀었어요. 그동안 실험을 통해 최대한 슈트의 힘을 이끌어낸 사람의 유전자를 복사해 클론을 만들어 사용하기로요. 그렇게 되면 여러 가지 문제가 대부분 해결되거든요."

"천벌받을 놈들!!"

"감히 신의 영역에 손을 대다니!!"

사이먼과 헨기스트는 린다 마릴의 말에 다시 분노했지만, 저번처럼 마나를 끌어 올리지는 않았다.

"저희도 처음에는 그런 프로젝트를 실행하려고 했지만 지금의 국장님이 결사적으로 반대했어요. 만약 세상에 드러났을 경우 그 후폭풍이 너무 심하다는 것과 프로젝트를 실행하는 데 돈이 너무나 많이 든다는 것 때문에요. 거기다 클론이 명령을 얼마나 확실하게 수행할지도 미지수였어요."

재중은 린다 마릴의 말에 고개를 끄덕였다.

자신이 상대해 본 검은 슈트도 확실히 공격, 아니면 도망치는 것이 전부였다.

거기다 세프가 통신을 모두 차단하자 순식간에 무서운 생체 병기에서 샌드백으로 변해 버렸다.

그것만 봐도 아직 미완성의 단계라는 것을 알 수 있었다.

"그럼 MI6에서 지금 개발 중인 검은 슈트는 어떤 방식인가요?"

생체 병기는 인간의 생명을 가지고 무기화하기 때문에 생체 병기이다.

그런데 MI6에서는 CIA처럼 클론을 쓰지 않는다면 다른 방법이 있다는 것이다.

"인공 근육과 인공 지능이에요."

"원거리에서 인간이 조정한다는 뜻이군요."

재중이 대번에 파악해서 핵심을 말했다.

"네. 저희는 검은 슈트를 암살이나 그런 것보다 차라리 테러 집단을 상대로 사용할 생각이었으니까요."

말로는 테러 집단을 상대로 한다고 하지만, 아마 테러 집단을 상대로 어느 정도 기술력과 노하우가 쌓이면 화살을 마나의 인도자들에게로 돌릴 것이 뻔했다.

물론 그러기 위해서는 제법 많은 시간이 필요할 것이다.

하지만 확실히 CIA보다는 똑똑한 선택을 했다는 것은 재중도 인정할 수밖에 없었다.

최악의 경우는 피한 셈이다.

아마 MI6는 혹시라도 마나의 인도자들이 검은 슈트에 대해서 알게 되더라도 대응할 방법을 마련해 놔야 했을 것이다.

그래서 이렇게 빠져나갈 구멍으로 인공 근육과 인공 지능을 사용했을 것이고 말이다.

미국의 CIA와 달리 MI6는 영국이 본거지이고 마나의 인도자들 뿌리도 영국이다.

그만큼 밀접하기 때문에 발각될 위험도 커서 클론을 사용하기에는 위험부담이 컸다.

잘못하면 영국이라는 섬 자체가 피로 물들 수도 있는 일이다.

스톤헨지에 모인 마나의 인도자 전원이 영국을 상대로 공격한다면 어떻겠는가?

이건 걸어 다니는 전술핵에 맞먹는 무기 수백 명이 영국을 휘젓고 다니는 것과 같다.

절대적으로 불리한 싸움이기에 MI6는 잔머리를 굴린

것이다.

시간을 벌기 위해서 말이다.

"그렇군요."

하지만 재중은 굳이 그러한 내용까지 사이먼이나 헨기스트에게 말하지는 않았다.

그건 그들의 운명이다.

이 이상은 재중은 그저 오지랖 넓게 끼어드는 것에 지나지 않았다.

어차피 재중이 원하는 것은 라스푸틴의 제거.

그 이후로는 마나의 인도자들과 MI6가 피 터지게 싸우든 말든 상관없었다.

"하지만 이제부터 MI6는 저희와 함께 행동하지 못합니다."

재중은 이야기를 다 듣고서 자르듯 말했다.

"하지만 지금까지 함께 행동했는데……."

린다 마릴도 재중이 왜 저렇게 말하는지 충분히 이해가 갔다.

그래서 그녀로서도 딱히 할 말은 없었다.

하지만 여기서 그냥 떨어지려니 여태까지 재중에게서 아무것도 얻지 못했기에 아쉬움이 남았다.

"린다 마릴 양은 마나의 인도자뿐만 아니라 저까지 적

으로 돌릴 생각인가요?"

하지만 아예 다른 말을 하지도 못하게 재중이 못을 박아버리자,

"알겠어요."

린다 마릴도 물러설 수밖에 없었다.

여기서 고집을 부려봐야 지금 겨우 진정시킨 분위기를 나쁘게 만들 뿐이다.

"괜찮겠습니까?"

뒤에 있던 요원이 이대로 물러난다는 린다 마릴에게 조용히 물었지만 린다 마릴은 고개를 저었다.

"저희 쪽에서 먼저 재중 씨에 대한 정보가 빠져나간 것은 틀림없는 사실이에요. 그러니 이만 철수 준비하세요."

재중의 곁에 있지 못한다면 더 이상 린다 마릴과 요원들이 그리스에 있어야 할 이유가 없다.

영국으로 돌아갈 준비를 하는 것이다.

그렇게 일행이 나뉘었다.

MI6 요원들은 모두 1층으로 내려갔고, 2층에 남은 재중 일행과 마나의 인도자들은 조금은 어색한 분위기로 이동할 준비를 하기 시작했다.

Chapter 12
혼자가 편해

재중귀환록

"여긴가?"

MI6와 정리를 끝낸 재중이 한참을 달려 도착한 곳은 그리스 본토에서도 바닷길로 무려 30㎞ 이상 떨어진 곳에 있는 무인도였다.

물론 사람이 살지 않는 섬이기에 무인도일 뿐 나무도 많고 주변 경관도 좋은 편이라 괜찮은 섬으로 보였다.

거기다 재중의 감각에 섬에서 물이 나온다는 것이 감지됐다.

즉 충분히 사람이 살 수 있는 섬이었다.

그럼에도 사람이 살지 않는 이유는 간단했다.

섬으로 들어가기 위해서는 사람이 들어갈 만한 길이 있어야 하는데 이 섬은 전체가 모두 칼로 잘라낸 듯 깎아지른 듯한 절벽으로 둘러싸여 있었다.

즉 섬으로 들어가기 위해서는 최소 아파트 20층 정도 높이의 절벽을 기어 올라가는 것 외에는 방법이 없었다.

그러다 보니 섬을 개발하는 비용이 너무나 많이 들기에 결국 무인도가 된 것이다.

반면 재중에게는 최고의 아지트였다.

"동굴이었군."

재중이 섬에 도착해서 주변을 살폈지만 어찌 된 일인지 사람이 살 만한 저택이나 집이 보이지 았다.

이상하게 생각하며 움직이는데 지도를 따라가다 보니 동굴이 나타났다.

재중은 피식 웃었다.

이런 절벽으로 둘러싸인 섬에 집을 지을 만한 도구를 가지고 온다는 것은 사실상 불가능했으니 말이다.

그리고 동굴 안으로 들어가 보니 의외로 깔끔했다.

발전기까지 준비되어 있고 동굴이라고 느껴지지 않을 만큼 밝으면서도 깔끔했다.

거기다 방도 열 개 넘게 준비되어 있는 것을 본 재중은 카디스가 이곳을 한 번만 쓰고 버릴 용도가 아니라 꽤 오랫동안 사용할 목적으로 준비했다는 것을 알 수 있었다.

"세프."

─네, 재중 님. 저희는 준비가 끝났습니다.

"그럼 내가 공간이동 마법진의 문을 열 테니 넘어와라."

재중이 테라가 준 스크롤을 꺼내 찢어버리자,

화아악!!

동굴의 중앙 홀에 커다란 마법진이 저절로 그려지더니 스스로 빛을 내기 시작했다.

그리고 재중이 마법진에 손을 뻗어 마나를 공급하자,

치치익!!

마법진이 살아 있는 듯 허공으로 떠올랐다.

스사사사삿!!

팟!!

뭔가 준비는 요란하게 했는데 결과는 의외로 간단하게 끝났다.

마법진이 허공에 떠오르는 순간 세프를 비롯해 일행이 모습을 드러냈고, 공간이동이 끝나자 허공에 뜬 마법진도 부서지듯 사라졌다.

"우와! 이게 공간이동이야?"

연아는 공간이동이 너무 신기했다.

눈을 깜빡이는 순간 완전히 다른 곳에 자신이 서 있다는 것에 놀라서 주변을 살펴봤다.

사이먼과 헨기스트는 설마 이렇게 먼 거리를, 그것도 이 많은 숫자를 간단하게 이동시키는 세프를 보면서 도대체 얼마나 높은 경지에 있어야 가능한지 짐작조차 못하고 놀라워만 했다.

재중이야 드래곤이기에 가능할 수도 있지만 세프는 드래곤이 아니다.

물론 엘프라는 종족의 특성을 감안하더라도 사이먼이나 헨기스트가 보기에 세프의 마법은 하늘 저 너머에 있는 느낌이었다.

그룹 공간이동은 마나의 인도자들 사이에서도 전설 속에나 남아 있는 마법이다.

지금의 이런 경험은 다른 누구보다 그들에게 커다란 공부가 될 것이 당연했다.

막연히 책을 통해 아는 것과 직접 몸으로 경험한 것은 완전히 다른 종류이니 말이다.

"바로 가는 거야?"

대충 방 배정을 끝낸 뒤, 연아와 천서영에게 동굴 밖으로 나가는 것만 아니면 큰 문제가 없을 거라고 단단히 말을 해봤다.

하지만 연아는 재중이 혼자 또 나간다는 것이 못내 마음에 들지 않는지 재중의 곁을 서성거렸다.

"미안하다. 나 때문에 이런 일을 겪게 해서."

재중은 쓸쓸하게 웃으면서 연아에게 사과했다.

"아니야. 어차피 오빠가 아니라면 마트를 운영하다가 운 좋으면 남자 만나서 결혼이나 했을 거야. 뭐 어쩌면 마트도 뺏겼을 테지만."

재중을 만나기 바로 직전에 마트를 강제로 뺏으려던 녀석들이 있었기에 연아는 재중의 사과에 고개를 저었다.

어차피 재중이 아니었다면 알래스카에서 쭉 살았을 것이다.

어떤 삶을 살아가고 있을지는 모르지만 손에 물 마를 날 없이 고생했을 것은 뻔했다.

휘적휘적~

재중은 지금의 상황을 담담하게 받아들이는 연아의 모습이 대견해서 머리를 손으로 마구 휘저었다.

"아~ 나 이제 어린애 아니라니까!"

재중의 장난에 심통이 난 듯 한마디 했지만, 웃으면서 재중의 곁에서 살짝 떨어졌다.

그러자 기다렸다는 듯 천서영이 다가왔다.

재중은 살짝 입가에 미소를 지었다.

연인이라고 하지만 연인다운 데이트도 제대로 해본 적이 없는 것이 생각난 것이다.

뭐랄까, 왠지 자신의 변덕에 천서영이 휘둘려 왔다는 생각이 들었다.

재중은 처음으로 연아 외의 누군가에게 미안하다는 감정이 들었다.

"미안해."

재중이 조용히 한마디 하자,

"아니에요."

천서영은 마치 다 알고 있다는 듯 재중의 사과에 환하게 웃으면서 재중의 손을 잡았다.

그리곤 마치 재중의 온기를 느끼듯 잠시 손을 잡고 있다가 조용히 뒤로 물러났다.

당장에라도 연아와 같이 재중에게 가지 말라고 하고 싶은 천서영이었지만 그럴 수가 없었다.

남자가 무언가를 해야 할 때 그것을 막는 것은 여자로서 해서는 안 되는 일이라고 배웠다.

물론 재중이 천서영의 말을 듣지도 않겠지만 말이다.

다만 지금 천서영의 마음이 왠지 편안한 것은 재중의 그 짧은 사과 한마디 때문이다.

마음이 느껴지는 한마디.

여자인 천서영에게는 그 한마디가 백 마디의 달콤한 말보다 확실히 가슴을 따뜻하게 만들어주었다.

"셰프."

—네, 재중 님.

"비상 상황이 벌어질 경우 너는 지체 없이 그분에게 돌아가라."

—네, 알겠습니다.

재중은 셰프가 자신 때문에 싸우는 것을 원하지 않았다.

어차피 셰프는 전투형 가디언도 아니었다.

오히려 셰프가 자신 때문에 싸우다가 죽거나 다칠 경우 크레이언 올드 세이라에게 빚을 지게 된다.

재중은 그게 싫어서 비상 상황이 되면 무조건 떠나라고 미리 말했다.

셰프도 잠시 재중의 말을 듣고 고민하는 듯했지만, 역시나 본분이 가디언인 이상 대답은 정해져 있었다.

재중도 그걸 알고 말한 것이다.

"그럼 난 잠시 혼자 움직일게."

재중은 그 길로 동굴 구석의 그늘진 곳으로 걸어 들어가 버렸다.

모두가 그 모습을 배웅하듯 지켜보는 속에서 말이다.

* * *

"철수한 건가?"

재중이 다시 모습을 드러낸 곳은 섬의 동굴로 이동하기 전에 머물던 안전가옥이었다.

지금이야 린다 마릴과 MI6 요원도 모두 철수했기에 텅 비어버린 집이다.

재중이 굳이 이곳으로 다시 돌아온 것은 한 가지 확인할 것이 있어서였다.

"지하였지, 아마."

2층에서 천천히 걸어 1층을 지나 지하로 걸어 내려간 재중은 제법 어질러진 모습에도 상관하지 않는 듯 주변을 살펴보면서 무언가를 찾기 시작했다.

마치 숨바꼭질을 하듯 말이다.

"여기 어딘가에 있을 텐데."

뒤적뒤적.

급하게 빠져나가면서 MI6 요원들은 중요한 것만 챙기고 나머지는 그냥 버려두고 갔기에 위층과 달리 지하는 상당히 어질러져 있었다.

그래서인지 재중이 꼼꼼하게 뒤지기 시작하자 생각보다 시간이 제법 걸렸다.

"없는 건가?"

도대체 무엇을 찾기에 재중이 이렇게 고민하면서 찾는 건지 모르지만, 재중은 무언가가 확실히 있다고 생각하는 듯했다.

바닥에 떨어진 종이까지 모두 주워가면서 한참을 찾은 지 거의 1시간이 지났을까?

갑자기 재중의 입가에 미소가 그려졌다.

"역시 세프 말대로 있었어."

작은 동전만 한 크기에 검은색으로 별다른 특이점이 없는 것을 집어 든 재중은 환하게 웃었다.

"세프."

그리고 곧바로 세프를 불렀다.

―네, 재중 님. 찾으셨군요?

세프도 재중이 굳이 자신을 찾을 이유가 그것뿐이기에 물었다.

"그래. 그런데 하나뿐일까?"

재중은 이 정도 크기라면 몇 개가 더 있다고 해도 이상할 것 없기에 세프에게 물었다.

―제가 감지하기로는 한 개입니다. 그리고 오히려 그런

곳은 많이 설치하기보다 하나만 설치해서 안전하게 정보를 모으는 것이 더 확실하니 더 이상 없을 겁니다, 재중님.

"기술력이 대단하긴 하네. 설마 하니 이런 작은 동전 크기의 단파 정보 수신 장치가 있다니 말이야."

재중이 곧바로 안전가옥으로 온 것은 바로 세프에게 안전가옥에서 이상한 신호가 규칙적으로 잡힌다는 말을 들었기 때문이다.

처음 생체 병기의 습격을 받은 뒤 재중은 세프에게 자신의 정보가 새어 나갔다고 말했다.

세프는 곧바로 자신의 위성을 동원해서 MI6를 해킹했는데, 그때 이상한 신호가 잡힌 것이다.

일반적으로 연결된 신호가 아니라 규칙적으로 정해진 시간에만 신호를 보내는 단파 신호였다.

그리고 그 신호를 잡아서 암호를 해독한 결과 놀랍게도 안전가옥에서 벌어지고 있는 일이 실시간 녹음되어 어딘가로 짧게 보내지고 있었다.

그것도 1분에 한 번씩 짧게 보내는 식이었다.

얼핏 흘려들으면 그저 노이즈일지도 모른다고 생각할 만큼 짧게 신호를 흘리고 사라졌다.

세프가 만든 마법과 과학의 결정체는 그 신호에 들어

있는 암호화된 정보를 캐치했다.

CIA의 습격 이후 재중은 MI6에서 정보가 새어 나갔을 것이라고 의심했다.

하지만 린다 마릴의 말대로 아무리 조사를 해도 MI6에서는 재중에 대해서 정보가 새어 나간 흔적이 나오지 않았다.

그게 지금 재중이 단파 신호를 의심하는 이유였다.

린다 마릴이 직접 국장에게 보고하고 국장이 보고를 일대일로 받는 상황이라고 했다.

그런 상황에서 재중에 대한 정보가 새어 나갔다면 린다 마릴 아니면 국장밖에 없었으니 말이다.

그래서 세프도 빠르게 조사했지만 너무나 깨끗했다.

MI6에서는 재중에 대한 정보가 새어 나간 적이 없었다.

그런 상황에 암호화된 정보가 담겨진 짧은 단파 신호는 세프의 의심을 사기에 충분했다.

"이걸 이용하면 뒤통수 친 놈들을 찾을 수 있단 말이지."

재중이 굳이 버려진 안전가옥으로 다시 온 것은 이 단파 수신기를 이용해서 신호를 역추적해 자신의 뒤통수를 노린 녀석들을 찾기 위해서였다.

CIA일지도, 아니면 다른 정보기관일지도, 그것도 아니면 혹시 라스푸틴의 제자인 알람이나 다른 제자일지도 모른다.

어쨌든 재중은 누구든 상관없었다.

어차피 결국 재중이 처리해야 되는 녀석들이었다.

쾅!

"......?"

재중이 지하에서 단파 수신 장치를 찾고 밖으로 나가려는 그때, 갑자기 1층 문이 거칠게 열리는 소리가 들렸다.

다다다다다다닥!!

이어 여러 사람이 쏟아져 들어오는 발소리도 들렸다.

"역시 이미 노출된 안전가옥이었구만."

규칙적인 발걸음 소리, 거기다 일정하게 훈련된 움직임으로 갈라진다.

재중은 단번에 그들이 CIA의 훈련받은 요원이라는 것을 알 수 있었다.

"뭐 이쯤에서 잠시 물러나 볼까."

재중은 천천히 어둠 속으로 뒷걸음질 치면서 천천히 물러나기 시작했다.

지하에 복면을 한 자동소총을 든 남자가 내려오는 순간, 재중은 완전히 지하에서 모습을 감춰 버렸다.

"클리어~"

지하로 내려온 복면요원 둘은 그렇게 구석구석을 살펴보다가 아무것도 없다는 것을 확인하고는 짧게 무전기에 대고 한마디 하더니 그대로 1층으로 올라갔다.

"팀장님, 지하는 깨끗합니다."

"철수했군. 젠장."

복면에 가려져 다들 비슷하게 보이지만 1층에서 아홉 명의 요원을 통솔하듯 능숙하게 명령을 내리던 요원이 한 명 있었다.

그는 보고를 받자마자 신경질적으로 한마디 했다.

"2층도 깨끗합니다."

"1층도 클리어."

불과 1분 남짓한 시간에 여덟 명이 순식간에 지하부터 2층까지 모두 뒤져 보고는 다시 1층에 모였지만 분위기가 그다지 좋지 않았다.

"MI6 녀석들이 눈치를 챘군."

팀장이 나직하게 한마디 하자,

"단파 수신기에 갑자기 아무런 소리가 잡히지 않는 것이 이상하더니 역시나."

팀원들도 아쉬운 듯 한마디 했지만, 이미 이곳은 깨끗하게 비워졌다.

정보기관의 특성상 한번 버려진 안전가옥은 두 번 다시 사용할 일이 없기에 결국 괜히 시간만 낭비한 셈이다.

"단파 수신기는?"

지하로 내려갔던 요원에게 팀장이 물었다.

"제가 지하로 내려갔을 때 더 이상 신호가 잡히지 않았습니다. 그걸로 봐선 수명이 다한 것으로 보입니다, 팀장님."

"쳇, 뭐 하나 제대로 되는 게 없군."

팀장은 결국 뒷북을 친 상황이 못내 짜증 나는지 인상을 찡그리며 몸을 돌렸다.

"철수한다. 그리고 이곳은 이제부터 지워라."

다다다다다닥!

순식간에 아홉 명의 요원이 빠져나갔다.

그들이 건물 밖으로 나가자 기다렸다는 듯 두 대의 SUV 차량이 빠르게 와서 건물 앞에 멈췄다.

그들은 그대로 SUV를 타고는 자리를 떴다.

"팀장님, MI6 녀석들이 그리스에서 완전 철수했다는 보고가 들어왔습니다."

"응? 완전 철수?"

팀장은 차에 타자마자 운전석 옆의 요원이 전해주는 정보에 미간을 찌푸렸다.

"녀석들이 순순히 철수할 리가 없는데……."

그랬다.

자신들이 알기로도 MI6 요원들은 마나의 인도자들과 함께 움직였다.

그리고 그것을 조금 늦긴 했지만 CIA에서도 알아냈다.

그리고 그 즉시 바로 실험적인 작전이긴 하지만 버드 작전을 실행했다.

아직 미완성인 생체 병기를 사용한 작전이다.

물론 CIA 내부에서도 버드 작전은 무리라는 말이 나왔지만 어쩔 수가 없었다.

무언가 성과를 보여주어야 계속해서 프로젝트를 이어 나갈 수 있는 자금을 얻을 수 있으니 말이다.

이미 천문학적인 자금이 소모된 생체 병기 프로젝트를 이제 와서 그만둘 수가 없는 CIA 측이었다.

상황이 이렇다 보니 어쩔 수 없이 그들은 거의 울며 겨자 먹기로 작전을 강행할 수밖에 없었던 것이다.

실패하든 성공하든 무언가 성과가 있기를 바라면서 말이다.

하지만 버드 작전은 재중이 마나의 인도자들과 같은 힘을 가지고 있다는 정보를 입수하는 순간 그 누구도 예상하지 못한 방향으로 어긋나기 시작했다.

"공항에서 확인했습니다. 그리스에 들어와 있는 린다 마릴을 중심으로 MI6 요원 전원이 방금 비행기를 타고 그리스를 떠났답니다."

"무슨 꿍꿍이지?"

팀장은 자신들 만큼이나 정보기관의 역사가 깊고 만만치 않은 MI6가 이렇게 허무하게 갑자기 철수하리라고는 생각지도 못했었다.

아차 하다가 모조리 놓쳐 버린 셈이다.

"본사에서 지금 난리가 났는데요, 팀장님."

"젠장, 생체 병기를 셋이나 잃어버렸는데 MI6는 도망가 버렸고 선우재중 일행도 사라져 버렸다니 이게 무슨 꼴이야."

팀장은 나쁜 일은 연달아 온다는 말이 꼭 자신을 위해서 있는 말처럼 느껴졌다.

누군가 미리 함정을 파서 자신들을 속인 것처럼 깨끗하게 사라져 버렸다.

그나마 검은 슈트 하나는 회수했지만 클론은 어디에서도 찾을 수가 없었다.

"버드 작전은 이대로 계속해야 합니까, 팀장님?"

다른 요원들도 더 이상 버드 작전을 실행하는 게 무의미하다는 듯 말했지만 팀장은 고개를 저었다.

"여기서 멈추면 우린 모두 알래스카로 쫓겨날 거다. 그러고 싶은 사람 있어?"

팀장의 말에 요원들 모두 입을 다물었다.

말이 알래스카로 쫓겨나는 거지 사실상 버려진다는 것

을 이미 그들은 잘 알고 있었다.

알래스카로 떠난 실패한 요원 중에 살아서 돌아온 이가 없다는 것이 이들이 침묵하는 이유이기도 했다.

"별수 없군. 그들에게 도움을 청하는 수밖에."

"팀장님, 그들이라면 설마……?"

요원 하나가 놀란 눈으로 팀장을 바라보자,

"그럼 어떻게 해. 이대로 본사에 보고가 올라가면 우린 다 끝이야. 알래스카에 가서 생을 마감하고 싶으면 빠져라. 내가 먼저 보내줄 테니."

팀장의 핏발 선 눈동자를 본 요원들은 꿀 먹은 벙어리처럼 입을 굳게 다물었다.

그 누구도 자신의 죽음을 선택할 이유가 없었다.

"그들에게 연락해라. 도와주는 대신 원하는 것을 들어주겠다고."

"알겠습니다."

결국 조수석의 요원이 품속에서 오래된 핸드폰을 꺼내더니 단축 번호를 눌렀다.

띠리리리~

신호가 한 번, 두 번, 세 번째 갔을 때 갑자기 전화를 끊어버린 요원이 팀장을 보면서 고개를 끄덕였다.

띠리리리~

그때 갑자기 낡은 휴대폰이 울리기 시작했다.

딸각.

요원은 요란하게 휴대폰이 울어도 무언가 약속된 신호가 있는 듯 잠시 기다렸다.

그리고 여섯 번째 신호가 울리자 통화 버튼을 눌렀다.

"도움이 필요합니다."

[크크큭, 그쪽에서 나를 찾다니 별일이군요.]

비꼬는 듯한 말투에 요원의 얼굴이 찡그려졌지만 그는 다른 말은 하지 않고 정중하게 만날 장소를 정하곤 전화를 끊었다.

"우선 살고 봐야 한다. 살아야 복수도 할 수 있는 거니까 말이야."

팀장의 나직한 목소리에 요원 전원의 표정이 굳어지기 시작했다.

이제 더 이상 되돌아갈 곳이 없다는 것을 요원들도 느낀 것이다.

잘못하면 지금 전화 건 상대에게 자신들이 먹힐 수도 있는 위험한 거래가 시작되었다.

Chapter 13
풀려가는 실타래

재중귀환록

"결국 CIA가 최후로 선택한 녀석들이라……. 과연 누굴까?"

씨익~

조금 떨어진 건물 옥상으로 이동하면서 차 안의 요원들과 팀장이 나눈 대화를 바로 옆에서 듣는 듯 모두 듣고 있던 재중이다.

재중은 왠지 CIA에서 전화한 녀석이 카디스가 그토록 찾아다닌 알람일 것 같다는 느낌이 들었다.

물론 재중의 추측일 뿐이지만 말이다.

"그럼 슬슬 준비를 할까?"

재중은 빠르게 CIA 요원들이 탄 SUV를 쫓던 걸음을 천천히 늦추기 시작하더니 허공에 손을 뻗어 아공간을 열었다.

스윽~

그리고 아공간에서 작은 검은색의 구슬 같은 것을 꺼냈다.

"추적은 이 녀석에 맡겨볼까."

팅~

별것 아닌 것처럼 재중이 검은 구슬을 손가락으로 튕겼다.

그러자 구슬이 마치 살아 있는 듯 허공을 날아가면서 제멋대로 방향을 바꾸기 시작했다.

그런데 방향을 제멋대로 바꾸던 검은 구슬이 정확하게 CIA 요원이 타고 있는 SUV로 날아가더니 거짓말처럼 팀장의 목 근처에서 실처럼 가늘어졌다.

그러고는 바람에 흩날리는 실로 변해 너무나 자연스럽게 팀장의 옷 속으로 사라져 버렸다.

"제대로 안착했으니 이제 남은 골칫거리를 처리해야겠지."

재중은 계속 뒤를 쫓는 대신 테라가 만들어준 아티팩트

에 추적을 맡겼다.

자신의 정보가 새어 나간 것은 물론 중요한 사안이지만 이미 해결 단초를 찾았다고 할 수 있다.

이번엔 바네사를 배신한 녀석을 찾을 차례였다.

재중은 CIA에서 왜 그토록 바네사를 찾으려고 하는 건지 궁금했다.

왠지 바네사를 배신한 녀석을 찾으면 이유를 알 수 있을 것 같았다.

더불어 한번 배신한 녀석은 결국 또 배신할 테니 기회가 있을 때 처리해야 했다.

아직 바네사는 자신에 대한 정보가 누구를 통해서 새어 나갔는지 알지 못했다.

다만 유일하게 자기가 만난 동료를 통해서 정보가 샜다는 것만 알고 있을 뿐이었으니 말이다.

"어쩌다가 이렇게 꼬인 건지, 나 참."

애당초 뭔가 특별한 의도를 가지고 바네사를 살려둔 것이 아니었다.

그래서 재중은 설마 바네사로 인해 자신이 이런 식으로 귀찮게 되리라고는 생각지 못했다.

하지만 이미 재중이 자기 사람으로 인정한 뒤다. 이렇게 된 이상 뒤처리도 재중이 할 수밖에 없었다.

"테라."

—네, 마스터.

"바네사가 로비에서 만난 녀석의 그림자에 심어놨지?"

재중이 나직하게 물었다.

—네. 혹시나 싶어서 그림자의 파편을 심어놨어요. 녀석이 누군가를 만날 때마다 그림자 파편이 분열해서 퍼지도록 해놨으니 원한다면 지금이라도 추적할 수 있어요, 마스터.

"그럼 지금부터 바네사의 옛 동료 얼굴 좀 보러 가자."

—옛, 마스터,

테라의 말이 끝나자마자 재중의 눈앞에 반투명한 구체가 생기더니 푸른색의 점이 깜빡이면서 하나씩 나타나기 시작했다.

—지금 마스터의 눈앞에 보이는 파란 점이 카말이라는 바네사의 동료이던 녀석이 만난 사람들 숫자예요.

"꽤 많군."

어림잡아도 50개 넘는 파란 점이 지금도 계속 움직이면서 깜빡이고 있었다.

—음, 그럼 제가 판단해서 카말의 동료가 아니라고 생각되는 사람들은 제외해 볼게요.

"그래."

시간이 그렇게 많은 편이 아니기에 재중은 테라가 하고 싶어 하는 대로 두었다.

팟팟팟팟팟!!

파란색 점들이 빠르게 사라지더니 결국 다섯 개의 점만 남았다.

"이 녀석들이 모두 동료인가?"

─네. 하지만 그림자의 파편이 보내온 정보를 기본으로 최대한 추려낸 것이라서 확실한 것은 마스터께서 직접 움직여서 확인하셔야 해요.

"별수 없군."

아까 재중이 추적 아티팩트를 보낸 CIA 팀장은 아직 누군가를 만나러 가지 않고 바로 그리스 지부로 이동하는 듯했다.

아티팩트로 들리는 대화도 중요한 이야기가 없었다.

그러면 대충 저녁때쯤 만난다는 결론이 나오는데, 지금 시간을 보건대 대충 세 시간 뒤면 해가 질 것이다.

즉 지금 재중에게 남은 시간은 세 시간뿐이라는 결론이 나온다.

"서둘러야겠어."

─마스터, 제가 팀장에게 설치한 아티팩트를 감시할까요?

언제 있을지 모르는 위험 때문에 사실상 연아의 그림자 속에 꼼짝없이 갇혀 버린 테라였다.

그래서 그런지 조금이라도 할 일이 있으면 하려고 했다.

이대로 가만있다가는 정말 심심해 미쳐 버릴 것 같았기 때문이다.

흑기병은 원래 말없이 몇 년이고 그 자리에서 지키는 것이 주된 임무인 가디언이라 천서영의 그림자 속에서 대기하는 것도 편안해 보였다.

하지만 테라는 마도서답지 않게 드래곤의 성격을 이어받았는지 심심한 것을 견디기 힘들어했다.

어쩔 수 없이 재중의 명령에 연아 곁에 머물러 있지만 많이 명령 범위를 벗어나지 않는다면 시간을 때우기 위해 무엇이든 하려 했다.

"그러든지."

재중은 자신의 신경이 분산되는 것보다 차라리 테라가 감시하는 것이 좋겠다는 생각이 들었다.

간단히 테라의 요청을 허락하고는 걸음을 옮기기 시작했다.

쏴라라락!

순간 재중의 머리카락과 눈동자가 옅은 은색으로 변하

더니 순식간에 은발과 은빛의 눈동자를 가진 남자로 변신해 버렸다.

거기다 피부까지 거의 투명해 보일 만큼 순백의 하얀색으로 변하자 전혀 다른 사람으로 보였다.

골격이나 다른 것은 변한 것이 없지만, 은발과 은빛의 눈동자가 주는 분위기가 완전 다른 사람이었다.

"우선 구두 수선하는 남자라……."

재중이 가장 가까이 있는 파란색 점을 따라 이동해 보니 20대 초반으로 보이는 젊은 남자가 보였다.

재중은 접착제로 인해서 거칠어진 손이지만 웃으면서 구두를 수선하는 남자를 잠시 지켜보더니 그냥 몸을 돌렸다.

―아니에요?

재중이 거의 10여 분가량 쳐다보기만 하다가 몸을 돌리자 테라가 물었다.

"지금의 삶에 만족하는 녀석은 배신 같은 걸 할 수가 없어."

―하긴 저렇게 웃으면서 일하는 사람은 보기 힘들죠.

테라가 재중의 눈을 통해 본 남자는 힘든 와중에도 즐거워하는 것이 눈에 보였다.

그리고 곧바로 두 번째 파란 점이 있는 곳에 도착해 보니 과일 장사를 하는 30대 후반의 남자였다.

손님이 별로 없는지 얼굴에 걱정이 가득했는데, 이번에도 재중은 십여 분가량 살펴보더니 몸을 돌렸다.

"다음."

재중은 곧바로 세 번째 파란색 점이 있는 곳을 향해 움직였는데, 뜻밖에도 도시가 아니라 바다 위였다.

─음, 어부인가 보네요.

테라도 그림자의 파편을 확인했을 뿐 정확하게 위치를 파악한 것은 아니었기에 조금 난감한 듯 재중에게 말했다.

"어차피 눈으로 살펴보고 움직일 거다."

눈에 힘을 주자 갑자기 재중의 시야가 확 트이기 시작했다.

마치 커다란 하늘을 모두 담을 듯했다.

그리고 그런 재중의 넓어진 시야에 나룻배 같은 게 하나 보였다.

그 배 안에서는 네 명의 남자가 커다란 낚싯대를 드리운 채 맥주를 마시고 있었다.

"이번에도 아니야."

이번에는 몇 분 정도 살펴봤지만 여유로운 삶을 살아가는 모습에 고개를 돌렸다.

예전 동료를 배신할 정도면 분명히 눈동자에 초조함이
남아 있어야 한다.

하지만 나룻배 위의 사람 중 그 누구도 그런 기색이 보
이지 않았다.

―마스터, 이러다 전부 아니면 어쩌죠?

바네사의 옛 동료가 배신했기에 CIA에서 바네사의 존
재를 알고 있다고 생각하고 있는 재중과 테라였다.

하지만 벌써 세 번째 아닌 것으로 결론이 나버렸다.

그러자 테라가 불안해졌는지 슬그머니 한마디 했다.

하지만 재중은 고개를 저었다.

"아직 둘이나 남았으니까 모두 확인한 뒤에 걱정해도
늦지 않아."

과거 킬러였던 사람들이라고는 생각하지 못할 만큼 너
무나 평범하게 살아가고 있는 모습에 재중도 조금은 의외
라는 생각을 했다.

하지만 어쩌면 오히려 그들은 킬러라는 특별한 생활을
했기에 지금의 삶에 만족하는 것일지도 모른다는 생각이
들었다.

그러자 이상하지만 그들이 이해가 되기 시작했다.

마치 재중 스스로도 평범하게 살아가기를 바라는 것처
럼 말이다.

"이 사람도 아니야."

재중이 네 번째로 찾은 사람은 길거리에서 연주를 하면서 커피를 파는 사람이었다.

그는 지금까지 본 다른 셋보다도 행복한 미소를 짓고 있었다.

당연히 눈동자에서는 그 어떤 불안 요소도 찾아볼 수 없었다.

─이제 마지막이네요, 마스터.

테라도 살짝 긴장이 되는지 작게 말했다.

재중도 긴장되긴 마찬가지였다. 만약 마지막 사람도 아니라면 처음부터 다시 차례대로 살펴보고 나서 다른 가능성을 찾아봐야 하기 때문이다.

뭐 힘들다기보다 그런 것으로 시간을 뺏긴다는 게 재중에게는 그리 달갑지 않았다.

하지만 마지막 다섯 번째를 찾아서 도착한 순간 재중은 입가에 회심의 미소를 지었다.

"찾았다."

─마스터, 찾았어요?

"그래, 저 여자다."

불안과 초조, 거기다 주변을 자꾸 살피는 눈동자는 극도의 초초함을 고스란히 드러내고 있었기에 굳이 지켜볼 필요도 없었다.

그리고 그때 그 여자를 아는 듯한 남자가 부르는 소리가 재중의 귓가에 들렸다.

"미샤, 어딜 그렇게 급하게 가?"

"네? 아, 약 사러 가는 길이에요."

"이런, 또 발작했구만."

남자는 미샤가 지금 약을 사러 가는 이유를 이미 알고 있는 듯 혀를 차며 미샤를 쳐다보았다.

"네. 하지만 곧 좋아지겠죠."

"그렇지. 이제 의술도 많이 좋아졌잖아. 힘을 내, 미샤."

그렇게 남자가 간단히 위로를 건네고 가자 미샤는 그대로 빠르게 병원으로 들어갔다.

그리고 몇 분 뒤 병원에서 나올 때는 품에 커다란 약봉지가 안겨 있었다.

"저 미샤라는 여자에 대해서 알 수 있을까?"

재중이 나직이 말하자,

─그건 제가 말씀드리겠습니다, 재중 님.

세프가 테라 대신 대답했다.

"말해봐."

─미샤 마이텔, 나이는 29세로 프랑스계 독일인입니다.

아버지가 프랑스 사람입니다. 그리고 바네사와 같이 활동한 기간은 4년입니다. 물론 이것도 정확한 정보는 아니지만 그동안 각국의 정보기관에서 파악하고 있는 미샤 마이텔의 정보를 종합하면 거의 4년이 맞을 겁니다.

"바네사에게는 말하지 않았지?"

—네. 그녀에게는 민감함 문제이기에 우선은 제외했습니다, 재중 님.

"그런데 미샤가 약을 사 가는데 그녀가 아픈 건가, 아니면 다른 가족이라도 있는 건가?"

재중이 보기에 미샤는 너무나 멀쩡해 보였다.

물론 건강하다고 보기에는 조금 허약한 모습이지만, 약을 저렇게 많이 사 갈 만큼 몸에 문제가 있어 보이진 않았다.

—미샤는 별다른 건강상의 문제가 없습니다. 하지만 그녀와 함께 살고 있는 가도르라는 남자가 문제입니다. 현재 알려지지 않은 병으로 호흡기가 갑자기 부풀어 오르는 염증이 생기는데 해결 방법이 없습니다. 그러다 보니 발작할 때마다 병원에서 호흡기 염증을 진정시키는 약을 사 와서 응급처치만 하는 상태입니다.

"불치병의 남자라……."

—이미 킬러 생활을 할 때부터 같이 지내온 남자이니

꽤 오래된 사이입니다.

불치병에 걸린 남자, 그리고 불안하고 초조한 미샤의 눈동자.

이 두 가지만 해도 더 이상 증거를 찾을 필요도 없었다.

하지만 역시나 결정적으로 미샤 본인의 입에서 배신했다는 말을 들어야 확실히 할 수 있다.

재중은 미샤가 낡은 아파트로 들어가는 모습을 지켜보다가 천천히 걸음을 옮겼다.

미샤가 들어간 아파트로 말이다.

*   *   *

"가도르, 괜찮아요?"

미샤는 아파트 문을 열자마자 침대에서 가쁜 숨을 몰아쉬는 가도르를 향해 달려갔다.

그녀는 약봉지에서 붉은색의 물약을 꺼내 능숙하게 가도르의 입에 넣었다.

한두 번 해본 솜씨가 아닌 듯 깔끔하게 정해진 약을 가도르의 입속에 넣어주고 잠시 기다리자,

"흐음… 흐음… 흐음."

금방이라도 넘어갈 것 같던 가도르의 숨소리가 안정적

으로 변하기 시작했다.

"다행이야. 하지만 이제 이 약도 점점 내성이 생기기 시작했으니 어쩌지?"

아무리 좋은 약이라도 계속 사용하면 몸에 내성이 생기게 마련이다.

약을 오래 먹을수록 병원에서 독한 약을 쓰는 것도 모두 오랜 시간 동안 한 가지 약을 사용해서 생기는 내성 때문이다.

독한 약이 아니면 환자가 죽어가는 것을 그냥 지켜봐야만 하기 때문이다.

그리고 지금 가도르의 발작의 주기가 짧아지고 있었다.

약에 대한 내성 반응이 나타났다는 것을 미샤도 알고 있었다.

하지만 다른 방법이 없었다.

가도르를 위해 별의별 검사를 다 해봤지만 결론은 원인 불명이었다.

독일부터 영국과 프랑스, 미국까지 가서 검사를 했지만 모두 원인 불명이라는 결과가 나왔다.

결국 미샤는 다시 그리스로 돌아올 수밖에 없었다.

가도르의 고향이 그리스였기 때문이다.

언젠가 죽는다면 고향에서 죽고 싶다는 가도르의 소원

을 들어주기 위해 미샤도 그리스에서 살고 있는 중이다.

"어떻게든 살릴 거예요. 내가 무슨 짓을 해서라도."

미샤는 가도르의 잠든 모습을 지켜보면서 나직하게 말했다.

순간,

"그래서 바네사가 살아 있는 것을 CIA에 말한 건가?"

벌떡!!

철컥!!

거의 빛의 속도였다.

귓가에 낯선 목소리가 들리는 순간, 미샤는 자리에서 일어서면서 허벅지에 숨겨둔 권총을 꺼내 겨누었다.

너무나 자연스러워서 언제 권총을 빼 들었는지 웬만한 사람이라면 알지도 못할 만큼 능숙했다.

"누구냐!"

날카롭게 문 쪽을 향해 권총을 겨눈 미샤의 온몸이 긴장감으로 가득 찼다.

그녀의 아파트는 오래되어 문도 낡아 있었다.

하지만 미샤는 킬러 생활을 할 때의 습성이 남아 있어 아파트 현관의 자물쇠는 특수 주문을 해서 자신이 아니면 아예 열리지 않도록 만들었다.

거기다 안에서 열어주지 않으면 들어오는 방법은 오로

지 문을 부숴 버리는 방법밖에 없었다.

그런데 방금 문 쪽에서 들린 것은 낯선 목소리였다.

거기다 문을 슬쩍 살펴본 결과 자물쇠가 똑바로 채워져 있었다.

즉 지금 미샤가 마주한 은발의 남자는 문을 열고 들어온 것이 아니라는 이야기였다.

"바네사를 데리고 있는 사람, 그리고 당신의 배신 때문에 귀찮게 된 사람이지."

낮은 목소리지만 그 목소리가 미샤의 귓가에는 너무나 선명하게 들렸다.

"무, 무슨 소리야? 내가 바네사를 배신하다니!"

미샤는 모든 것을 알고 있는 듯한 재중의 말에 당황스러워하면서도 권총의 안전장치를 풀기 위해 손가락을 움직이고 있었다.

그런 미샤의 모습을 본 재중은 입가에 미소를 가득 머금은 채 말했다.

"방아쇠를 당기면 넌 죽는다."

오싹!

분명 미샤 자신이 권총을 겨누고 있는 상황이다.

그런데 어째서인지 재중의 미소를 마주하는 순간 온몸의 피가 멈추는 듯한 느낌을 받았다.

그리고 왠지 정말로 방아쇠를 당기면 자신이 죽을지도 모른다는 생각이 들었다.

　"당신, 누군데… 나를 찾아온 거예요?"

　재중의 살기에 압도된 미샤는 자신도 모르게 존칭으로 재중에게 물었다.

　하지만 재중은 그저 미샤를 웃는 얼굴로 쳐다보고 있을 뿐이었다.

　"말해요!! 당신, 누구예요?!"

　마치 자신을 놀리는 듯한 재중의 모습에 미샤가 다시 소리치면서 권총의 방아쇠에 손가락을 올렸다.

　"선우재중. 아마 알고 있지 않나?"

　"…선우… 재중? 설마……?"

　미샤는 선우재중이라는 이름을 듣고는 놀란 눈으로 재중을 쳐다봤다.

　돈이라면 세계에서 남부럽지 않게 가진 남자, 그리고 자수성가한 남자, 거기다 친구의 결혼식에 200억 달러라는 말도 안 되는 돈을 준 남자로 이미 전 세계적으로 유명했다.

　그리스에서도 재중의 얼굴을 기억하는 사람은 거의 없지만 선우재중이라는 이름은 대부분 기억하고 있었다.

하지만 미샤가 놀란 것은 그것 때문이 아니었다.

"당신이 그럼 바네사를… 죽은 걸로 위장시킨… 헙!"

순간 놀라서 해서는 안 되는 말을 한 미샤는 서둘러 입을 다물었지만 이미 늦어버렸다.

재중이 듣고 싶은 말을 해버렸다.

"당신 때문에 참 귀찮아졌어. 내가 말이야."

불쌍한 사정, 안타까운 사정, 그런 것은 재중에게 아무런 상관이 없었다.

안타까운 사정으로 인해 남에게 피해를 주었다 해도 용서할 수 없었다.

불쌍하다고 해서 사람을 상하게 한 죄가 없어지는 것은 아니었다.

결국 개인 사정이다.

그것을 이유로 자신을 합리화하는 것은 이기적인 생각이다.

아주 지능적인 이기심이다.

"저 남자 때문인가, 동료를 팔아넘긴 것이?"

"아니야! 그건 아니야!"

미샤는 재중의 말에 큰 소리로 외쳤지만, 권총을 잡고 있는 손이 심하게 떨리기 시작했다.

재중의 등장으로 인해 애써 모른 척하던 양심이 고개를

들기 시작했다.

하지만 미샤 본인은 그것을 받아들일 수가 없었다.

그러다 보니 빠르게 눈동자가 흔들리면서 불안과 초조함이 그녀의 몸을 지배하기 시작했다.

"그냥 바네사에게 몇 가지 물어본다고만 했어. 그래서 그냥… 그래서 알려준 거야. 정말이야! 정말이라고!"

미샤는 재중을 향해 비명을 지르듯 소리쳤다.

하지만 재중은 그런 비명 소리에도 개의치 않고 한 발짝 움직이면서 나직하게 말했다.

"거짓말."

멈칫!

혼잣말하듯 정말 작게 한 말이지만 어째서인지 미샤의 귓가에는 너무나 선명하게 들렸다.

그리고 그 말을 듣는 순간 몸이 굳어버렸다.

스스로도 애써 외면하던 것을 재중의 말 한마디가 밖으로 튀어나오는 계기가 된 것이다.

"아니야. 그냥… 그냥… 난……."

철컥!

갑자기 재중을 향해 권총을 다시 든 미샤가 방아쇠를 당기려는 듯 손가락을 집어넣었다.

"너만 없으면… 너만 없어지면 돼. 그럼 다 되는 거야."

바네사를 배신했다는 양심의 가책이 재중으로 인해 갑자기 폭발하듯 가슴속에서 터져 버린 듯했다.

미샤는 순간적으로 재중만 없어지면 모든 것이 해결될 것 같은 착각에 빠져버렸다.

"너만 없어지면 될 거야!"

그리고 미샤가 방아쇠를 당기려는 순간,

"미샤, 그러지 마."

덥석.

갑자기 미샤의 다리를 잡은 손.

그 손의 주인은 잠든 것으로 보이던 가도르였다.

"가도르, 막지 마. 넌 내가 어떻게든 살릴 거야. 그러니까 걱정하지 마."

미샤는 가도르의 손길도 뿌리치고 그의 곁에서 멀어졌다.

그리곤 다시 재중을 향해 권총을 겨누고 방아쇠에 손가락을 걸었다.

"미샤! 그러지 마!"

가도르가 쥐어짜는 듯한 목소리로 다시 한 번 소리쳤다.

그러자 미샤가 가도르를 쳐다보았다.

"그러지 마. 이제 충분하잖아."

마치 모든 것을 알고 있다는 듯한 가도르의 눈빛이었다.

권총을 쥔 미샤의 손이 허공에서 떨렸다.

결국 미샤의 손가락은 방아쇠에서 떨어지고 말았다. 권총도 천천히 아래로 내려가기 시작했다.

동시에 미샤의 몸도 그대로 자리에 주저앉아 버렸다.

그리곤 미안한 표정으로 가도르를 쳐다보더니 갑자기 늘어뜨린 권총을 들어 자신의 머리에 가져다 댔다.

"안 돼!! 미샤!!"

탕!!

"정말 귀찮은 일을 계속 만드는구만."

이번엔 순간적으로 재중도 놀랐다.

설마 자신을 노리던 권총으로 자살하려고 할 줄은 몰랐다.

어떻게든지 가도르를 위해서 살려고 발버둥 치던 미샤의 눈동자가 한순간에 죽은 것처럼 변할 때 왠지 이상한 느낌을 받긴 했다.

그래도 설마 했다.

하지만 역시나 설마가 사람 잡는다는 말이 그냥 나온 게 아니다.

미샤는 황당하게도 어떻게든 살리려고 하던 남자가 보는 앞에서 권총 자살을 시도했다.

물론 재중이 빠르게 총구를 손으로 막았기에 미샤가 죽
는 일은 없었다.

"정말 황당한 여자야."

　재중이 손에 잡은 총알을 아무렇지도 않게 던져 버리자,

"어, 어떻게 총알을… 손으로……."

Chapter 14
오지랖

재중귀환록

미샤는 지금까지 본 표정 중에서 가장 놀란 표정으로 재중과 재중이 바닥에 던진 총알을 번갈아 쳐다보았다.

　"그게 중요한가, 미샤 마이텔?"

　왠지 또 꼬여간다는 느낌에 재중이 짜증이 나 신경질적으로 말을 내뱉었다.

　그러자 미샤와 가도르 둘 다 움찔해 재중의 눈치를 살피기에 여념이 없었다.

　눈앞에서 총알을 잡는 것을 본 것 때문인지 더더욱 눈치를 살폈다.

"미샤 마이텔."

"네……."

"CIA에게서 얼마 받았지?"

퉁명스럽게 재중이 묻자,

"1만 달러 받았어요."

방금 전까지 자살하려고 했던 미친 여자라고는 생각지 못할 만큼 차분한 목소리로 미샤가 대답했다.

재중이 미간을 찡그렸다.

"고작 1만 달러 때문에 동료를 팔았단 말인가?"

최소 10만 달러라도 받았으면 이해했을지도 모른다.

한데 겨우 1만 달러라니, 한화로 겨우 1천만 원 조금 넘는 돈이다.

분명히 한 번에 받는 돈으로는 적은 돈은 아니다.

하지만 목숨을 믿고 맡길 수 있는 동료를 팔아먹은 대가로는 황당할 정도로 적은 돈이다.

그런데 그때 가도르가 입을 열었다.

"저 때문입니다."

"알아."

재중이 심드렁하게 말했지만 가도르는 개의치 않고 이어서 말했다.

"제 병의 원인을 찾는다고 미샤가 그동안 모은 이천만

달러를 모두 써버렸기 때문에 당장 생활비가 없어서 그랬을 겁니다."

"미친……!"

병의 원인을 찾는 데 무려 2000만 달러, 한화로 230억 원이 넘는 돈을 써버렸다고 한다.

터무니없는 액수에 재중은 순간 짜증이 나서 한마디 하지 않을 수 없었다.

그런데 그런 가도르의 말을 듣던 미샤가 입을 열었다.

"가도르는 살릴 거예요. 제가 어떻게든……."

사랑을 넘어서 집념까지 느껴지는 미샤의 눈동자를 본 재중은 뭔가 이상하다는 것을 느꼈다.

미샤는 그동안 자신이 킬러 생활을 하면서 번 돈 2,000만 달러를 모두 썼다.

그 정도면 조용히 혼자 가게라도 운영하면서 평생 큰 걱정 없이 살 수 있는 돈이다.

거기다 가도르를 살리겠다는 미샤의 말에서 사랑을 넘어선 집요한 무언가가 느껴졌다.

"왜 그렇게 살리려고 하지? 이천만 달러를 쓸 정도로 정성을 들였다면 할 만큼 한 것 같은데."

재중이 나직하게 물었다.

"두 번이에요."

"……?"

"가도르가 저 때문에 죽을 고비를 넘긴 것이 두 번이에요."

"미샤, 그건 아니야."

미샤의 말에 가도르가 다급히 아니라고 말했지만 미샤는 고개를 세차게 흔들었다.

"한 번은 러시아 마피아 보스를 암살하던 도중 저 대신 독에 중독되었어요. 두 번째는 러시아 핵무기 브로커를 암살하러 갔을 때 방사능에 노출될 뻔한 나를 구하면서 대신 방사능에 노출되었어요."

"……."

가도르는 미샤의 말에 입을 다물었다.

"결국 독에 중독되고 방사능 때문에 지금 저 모습이라는 거군."

재중은 대충 알아들었다는 듯 고개를 끄덕였다.

"그래서 어떻게든 살려야 해요. 설사 제가 죽더라도."

재중은 마지막 미샤의 말을 듣고서야 사랑을 넘어선 집념이 느껴진 이유를 알 수 있었다.

사랑은 한없이 주는 것이라는 말이 있다.

한편으로는 사랑은 한없이 받는 것이기도 했다.

그런데 미샤는 가도르에게 두 번이나 목숨을 구함받았다.

이건 그 어떤 것으로도 도저히 갚을 수 없는 것이다.

미샤는 자신의 목숨을 구해주면서 얻은 병으로 죽어가는 가도르를 볼 때마다 하루에도 여러 번 마음이 무너지는 고통을 겪었을 것이다.

바네사와의 의리?

그건 가도르에게 받은 것에 비하면 아무것도 아니었다.

미샤의 기준에서 보면 말이다.

가도르가 다시 정상적인 생활을 할 수 있다면 스스로의 목숨도 기꺼이 버릴 수 있을 만큼 독한 마음을 먹은 미샤였다.

그런 그녀에게 있어 가도르가 생명을 이어갈 수 있는 유일한 수단은 바로 돈이었다.

돈이 있어야 약을 살 수 있었다.

적은 돈이든 많은 돈이든 미샤에게는 상관이 없었다.

오로지 가도르의 생명을 하루라도 연장시킬 수 있다면 말이다.

"하아, 이건 내가 결정 내릴 문제가 아니군."

본래 재중은 미샤를 세상에서 지워 버리고 바네사에게는 조용히 비밀로 묻어두려고 했다.

괜히 연아의 비서로 살아가기로 마음먹은 그녀의 마음을 흔드는 것은 재중에게도 그다지 반가운 일이 아니었기 때문이다.

하지만 이건 재중이 결정을 내릴 수가 없는 상황이었
다.

"젠장. 테라."

재중이 나직하게 테라를 부르자,

—바네사를 그쪽으로 보낼까요, 마스터?

재중이 자신을 부르는 이유를 이미 알고 있다는 듯 테
라가 물어왔다.

"그래."

결국 바네사에게 결정을 미뤄 버린 재중이다.

                *   *   *

"미샤, 지금 이게 뭐야?"

얼떨결에 세프에게 공간이동을 당한 바네사는 미샤와
가도르가 재중 앞에 무릎을 꿇고 있는 모습에 당황해서 물
었다.

하지만 어찌 된 일인지 미샤가 바네사의 눈길을 피했
다.

"미샤, 왜 그래?"

바네사는 오랜만에 헤어진 동료를 만났다는 기쁨에 지

금 재중이 왜 자신을 불렀는지는 잠시 잊은 듯했다.

그때 미샤의 곁으로 다가가려는 바네사를 재중이 막았
다.

"바네사."

"네?"

"네가 살아 있다는 것을 CIA에 말한 게 미샤다."

멈칫!

순간 바네사의 웃는 얼굴이 창백해지면서 표정이 굳었
다.

"정말인가요?"

바네사는 재중의 말이 쉽게 믿어지지 않는 듯 되물었
다.

하지만 재중의 표정을 보니 굳이 대답이 필요 없는 질
문이었다.

"어째서… 미샤 네가…….."

킬러로 활동할 당시 여자라고는 바네사와 미샤뿐이었
기 때문에 서로 친자매 이상으로 친하게 지냈다.

그렇기에 바네사는 지금 이 상황을 도저히 믿을 수가
없었다.

"미안해. 미안해, 바네사."

그리고 미샤의 옆에 있던 가도르도 바네사를 향해 고개

숙여 사과했다.

"저 때문이에요, 바네사. 미샤가 그런 짓을 한 것은…
모두……."

"가도르, 왜? 무엇 때문에?"

바네사는 충격이 큰지 일그러진 표정으로 가도르에게
물었다.

가도르는 재중에게 한 말을 천천히 모두 이야기해 주었
다.

이야기가 끝나자 바네사는 주먹을 강하게 움켜쥐었다.

"몰랐어."

바네사는 자신이 전혀 모르고 있던 미샤의 사정에 오히
려 자기 자신에게 화가 나서 미칠 것 같았다.

가도르와 미샤가 서로 사랑하는 사이라는 것은 바네사
도 알고 있었다.

킬러에게 그런 사랑은 사실상 거의 불가능한 기적 같은
일이었다.

그렇기에 바네사도 나름대로 둘의 사랑을 축하해 주고
부러워했다.

그리고 카말에게 가도르와 미샤가 함께 살고 있다는 말
을 듣고는 드디어 미샤가 자신의 행복을 찾았다는 생각에
안심했었다.

그랬던 바네사에게 지금의 현실은 도무지 쉽게 받아들일 수가 없었다.

"그럼 내가 나눠 준 돈을 다 쓰고도 원인을 전혀 알 수 없다는 말이야?"

바네사가 남겨준 돈은 무려 천만 달러였다.

동료 다섯 명 전원에게 1인당 천만 달러씩 주었다. 카말은 리더 역할을 했기에 조금 더 주었지만 불만을 가진 사람은 없었다.

킬러라는 직업이 언제 죽을지 모르는 생활이었으니 이렇게라도 은퇴하는 것도 정말 행운이었다.

하지만 가도르의 말을 들은 바네사는 다리에 힘이 풀린 듯 주저앉아 버렸다.

"그럼 그때의 독약과 방사능 때문에 지금 언제 죽을지 모른다는 거야?"

행복하게 잘살고 있을 거라고 믿고 있던 미샤와 가도르의 참혹한 현실을 본 바네사는 자신도 모르게 눈물을 흘렸다.

눈물이 흐르는 것을 알았지만 닦을 수가 없었다.

그때 조용히 있던 재중이 자리에서 일어서면서 바네사에게 말했다.

"처분은 너에게 맡기지. 하지만 난 적은 용서하지 않아.

그건 너도 알고 있겠지?"

아무런 감정이 없는 재중의 목소리에 바네사는 정신이
번쩍 들었다.

재중이 자신을 부른 이유를 그제야 깨달은 것이다.

자신을 배신한 미샤의 처분을 결정짓는 심판자로서 부
른 것이다.

"바네사, 부탁이 있어."

그때 가도르가 조용히 고개를 들어 바네사를 보았다.

"미샤를 부탁해."

"무슨 말이야?"

뜬금없이 미샤를 부탁한다는 가도르의 말에 바네사가
놀란 눈으로 보는 순간,

철컥!

언제 주웠는지 미샤가 쓰던 권총을 가도르가 쥐고 있었
다.

그리고 한 치의 망설임도 없이 자신의 머리를 향해 총
구를 가져다 대더니 지체 없이 방아쇠를 당겼다.

탕!

"아, 진짜 돌아가면서 귀찮게 좀 하지 마!!"

하지만 역시나 이번에도 총구를 벗어난 총알은 재중의
손아귀에 잡혀 버렸다.

한 번도 아니고 두 번이나 자신을 귀찮게 한 것이 짜증 났는지 재중은 가도르의 손에서 권총을 빼앗아 버렸다.

우드득!!

투드득!!

그리고 오로지 손아귀 힘만으로 권총을 꺾어 그대로 뒤로 던져 버렸다.

"귀찮게 좀 하지 마라, 응?"

재중은 자신이 감정적이 된 것이 짜증 난 상태였기에 신경질적으로 한마디 하고 다시 뒤로 빠졌다.

하지만 역시나 재중의 황당한 능력이 분위기를 압도하는 것은 어쩔 수 없었다.

"바네사."

결국 권총 자살을 실패한 가도르가 다시 바네사를 부르더니 처연한 표정으로 말했다.

"내가 살아 있으면 미샤는… 점점 망가질 거야."

"아니야, 가도르! 그럴 일 없어!"

미샤는 절대로 그게 아니라고 가도르를 끌어안으면서 소리쳤다.

하지만 바네사가 보기에도 이미 미샤는 많이 망가진 상태였다.

아니, 여기서 더 망가질지도 몰랐다.

가도르가 죽어갈수록 말이다.

그건 가도르도 잘 알고 있었다.

자신이 죽어가면 갈수록 미샤가 무슨 짓을 할지 모른다는 것을 말이다.

그래서 자살하려고 했다.

그동안은 미샤 혼자 남는 것이 걱정되어서 어떻게든 버텨왔었다.

하지만 바네사가 눈앞에 나타나자 가도르는 그동안 억지로 버티고 있던 것을 놓아버렸다.

"바네사, 난 더 이상 미샤가 힘들어하는 걸 보고 싶지 않아."

사랑하는 사람이 자신 때문에 눈앞에서 망가지는 것을 두 눈으로 지켜봐야 하는 가도르였다.

어쩌면 미샤보다 더욱 힘들었을지도 모른다.

최소한 미샤는 뭐라도 할 수 있었다.

하지만 가도르는 오로지 살아남는 것만이 전부였다.

미샤가 조금이라도 더 버틸 수 있는 힘을 주기 위해서 말이다.

그런데 결국 가도르가 먼저 지쳐 버린 것이다.

몸이 아프면 마음도 약해지는 법.

가도르는 미샤에게 들키지 않게 천천히 죽음을 준비하

고 있었다는 것을 바네사는 느낄 수 있었다.

"하아, 어쩌다가… 이 지경이 된 거야. 어쩌다가…….."

바네사는 흐르는 눈물보다 피를 나눈 형제 같던 미샤가 지금 이렇게 망가진 것이 더욱 슬펐다.

가도르와 미샤 둘 중에 하나가 죽으면 분명히 나머지 하나도 따라 죽을 것이다.

서로가 서로를 지탱하는 유일한 끈이었다.

─마스터, 음, 저건 좀 왠지… 잔인해 보여요.

웬만해서는 테라가 이런 말을 하는 성격이 아니다.

하지만 테라도 가도르의 몸 상태를 살펴본 결과 한 치의 거짓이 없다는 것을 알았기에 슬쩍 한마디 건네고 말았다.

하지만 재중은 대답이 없었다.

─뭐, 그냥 그렇다고요.

눈치껏 지금 재중을 건드려 봐야 좋을 것이 없다는 것을 느낀 테라는 조용히 입을 다물었다.

'테라.'

─네, 마스터.

'살아갈 자격은 과연 누가 결정하는 걸까?'

재중이 나직하게 물었다.

─그건 아마 살아가는 본인이 결정하는 것 아닌가요?

전 드래곤 로드에게 그렇게 배웠어요, 마스터.

'살아가는 본인이라……. 하긴 수만 년을 살아가는 드래곤의 수장인 로드가 한 말이라면 그나마 정답에 가깝겠지.'

사실 재중이 지금 가도르와 미샤를 보고서 짜증이 난 이유는 바로 그들이 자신과 닮았기 때문이었다.

오로지 연아를 찾겠다는 일념으로 길거리에서 쓰레기통을 뒤지고 남의 것을 훔치면서 치열하게 살아온 자신의 어린 시절을 그대로 보는 듯한 기분이 들었다.

그래서 재중은 짜증이 났다.

저렇게 치열하게 살아가면서도 한 치 앞도 보이지 않는 미래를 받아들여야 하는 현실 때문이다.

자신도 결국 연아를 찾는 것을 포기할 때쯤 정말 운명의 장난처럼 베르벤을 만났다.

—마스터, 살려주실 거죠?

마치 재중의 마음속을 들여다본 것처럼 테라가 나직하게 물었다.

재중은 그저 짜증 가득한 표정이다.

—후후훗, 마스터는 의외로 이런 쪽에 매정하지 못하다는 것을 알고 있어요. 하지만 그냥은 안 해주실 거잖아요, 마스터.

장난치듯 재중의 양심을 건드리는 테라의 말에 결국 재중이 잔뜩 찡그린 표정을 풀었다.

'과거의 나, 현재의 나, 치열한 삶을 살았던 나이기 때문에 저들의 삶을 이해할 수 있는 거겠지.'

―그리고 베르벤이 마스터에게 구원의 손길이었다면 이제 마스터께서 저들의 구원의 손길이 되면 되는 거예요, 마스터.

'짜증 나, 이런 건.'

뭔가 못마땅해하는 재중의 투정에 테라는 피식 웃었다.

이상하게 재중은 연아와 자신의 과거가 겹쳐 보일 때면 쉽게 감정적이 되었다.

'그리스를 잠시 벗어나야겠다.'

―네, 마스터.

재중이 왜 그리스를 벗어나려고 하는지 이유를 알고 있는 테라는 환하게 웃으면서 대답했다.

그리고 잠시 후, 미샤의 낡은 아파트에서 가도르와 미샤, 그리고 바네사까지 모두 사라져 버렸다.

물론 재중도 함께 말이다.

Chapter 15
짜증 나는 착한 일

재중 귀환록

"여긴?"

가도르는 분명히 자신의 아파트에 있었는데 한순간 주
변에 보이는 것은 푸른 나무뿐인 깊은 숲 속인 것을 확인
하고는 놀란 표정으로 두리번거렸다. 그러다 미샤를 발견
하고는 재빨리 품으로 끌어당겼다.

"가도르, 여긴 어디예요?"

미샤도 갑자기 변해 버린 풍경에 황당한 표정을 지었다.
하지만 그들 앞에 있는 바네사는 주변을 둘러볼 뿐 별것
아니라는 표정이다.

마치 다 알고 있는 듯한 표정이었다.

"바네사."

그리고 그런 바네사 뒤로 재중이 다가와 말을 건넸다.

"네, 재중 님."

"너의 결정은 뭐지?"

재중이 모른 척 물어보자 바네사는 천천히 일어서 재중을 마주 보는 자세로 바꾸더니 그대로 무릎을 꿇었다.

"바네사, 왜……."

가도르와 미샤는 갑자기 바네사가 재중에게 무릎 꿇는 모습을 보고는 영문을 몰라 그녀를 불렀다. 그러나 지금 바네사에게는 그들보다 재중이 먼저였다.

바네사가 재중에게 한 말은 간단했다.

"도와주세요."

"내가 도와줄 거라고 생각하나?"

재중은 다시 짜증 난다는 식으로 대답했지만, 오히려 바네사의 입가에는 미소가 그려졌다.

"재중 님의 마음이 이미 어떻다는 것은 저도 알고 있어요."

"그런데 무릎은 왜 꿇어?"

재중이 알면서도 자신 앞에 무릎을 꿇은 바네사의 모습에 심드렁하게 말했다.

"그냥 제 마음이 시켜서 그래요."

"킬러가 이렇게 정에 약해서야……."

재중은 결국 푸념 같은 말을 하고서는 무릎 꿇은 바네 사를 지나쳐 가도르와 미샤에게 다가갔다.

꿈틀!

가도르는 미샤를 더욱 강하게 자신의 품으로 끌어안았다. 마치 자신이 대신 벌을 받겠다는 듯한 모습이다.

"가도르, 살고 싶나?"

마치 그냥 툭 던지듯 하는 재중의 말이었지만, 가도르에 게는 많은 생각을 하게 했다.

"…살고 싶습니다."

결국 가도르의 입에서 나온 말은 살고 싶다는 것이었다. 재중의 입가에 미소가 맺혔다. 자신이 듣고 싶은 말을 들 었다는 듯이 말이다.

"그럼 살아봐."

재중은 다시 툭 던지듯 말하고는 가도르의 머리에 손을 뻗었다. 가도르는 움찔해서 움직이려 했지만 바네사가 그 를 막았다.

"그대로 있어요, 가도르."

바네사가 환하게 웃으면서 하는 말에 가도르는 저도 모 르게 가만히 기다렸다. 자신도 왜 바네사의 말을 들었는지 모르지만, 세상 누구보다 바네사만큼은 믿을 수 있다는 굳은 마음 때문일 것이다. 그리고 재중이 가도르의 머리에 손을 없는 순간부터 나노 오리하르콘이 재중의 손을 통해 가도르의 머리로 옮겨가고 있었다.

세포 크기의 작은 나노 오리하르콘은 가도르의 몸으로 들어가자마자 순식간에 가도르의 몸 전체를 점검하기 시작했다. 마치 수천 명의 의사가 가도르 한 사람을 진찰하듯 말이다.

"심장, 폐, 간이 망가졌어. 거기다 기관지도 이미 걸레가 되었고."

재중이 나직하게 말하자 가도르가 흠칫하며 놀란 표정으로 재중을 쳐다보았다. 정확하게 자신이 망가진 장기를 말하고 있다.

"그리고 방사능 때문인지 모르지만 세포가 변이를 일으켰군. 특히 폐와 기관지에. 맞지?"

"네."

잠깐 머리에 손을 얹은 것뿐인데 세계를 돌아다니면서 검사해 겨우 알아낸 결과가 재중의 입에서 술술 나왔다.

가도르뿐만 아니라 미샤도 황당한 표정을 숨기지 못했다.

무려 이천만 달러를 쓰고 알아낸 것을 재중은 불과 몇 초 만에 알아냈다.

"살고 싶은 대로 살아봐. 원 없이 말이야."

그러고는 뜻 모를 재중의 말이 끝나자 놀랍게도 재중의 몸에서 푸른 불꽃이 피어올랐다.

물론 뜨겁거나 무섭지는 않았다. 오히려 가도르는 재중의 불꽃을 보자 무언가 잃어버린 것을 찾은 것 같은 기분이 들었다.

그리고 그건 미샤도 마찬가지였다. 가도르와 같이 재중의 몸에서 주변을 불태울 것처럼 강렬하게 타오르는 푸른 불꽃이 무섭지 않았다.

그리고 그 불꽃을 넋 놓고 쳐다보던 가도르와 미샤는 재중의 몸에서 불꽃이 사라지자 그제야 정신을 차렸다.

"후회 없이 살아라."

재중이 가도르의 머리에서 손을 떼면서 한 말이다. 그런데 재중의 손이 가도르의 머리에서 떨어지자,

"…내 목소리가… 내 목소리가……."

목이 시원한 느낌을 받은 가도르는 자신도 모르게 미샤를 불렀다가 변한 목소리를 확인하고는 놀라서 벌떡 일어섰다.

"가도르!!"

그런 가도르의 모습에 미샤가 더욱 놀랐다. 가도르는 폐가 많이 망가져서 갑자기 움직이면 곧바로 발작을 일으켰었다.

"괜찮아. 나 지금 오랜만에 가슴이 깨끗한 느낌이야."

"가도르, 괜찮아요? 정말?"

병이 심화되며 근래 들어 단 한 번도 발작이 멈춘 적이 없었다. 너무도 오랜만에 본 멀쩡한 가도르의 모습에 미

샤는 눈물을 흘리면서 기뻐했다.

"이것 봐. 이렇게 뛸 수도 있어."

껑충껑충!!

제자리에서 점프까지 하는 가도르의 모습에 미샤는 세상을 다 가진 표정으로 바뀌었다. 그토록 원하고 바라던 것이 눈앞에 펼쳐졌다.

반면, 그런 그들의 모습을 보던 재중은 피식 웃을 뿐이었다.

저 기분을 누구보다 잘 알고 있다. 자신이 연아를 찾은 그날 딱 재중의 기분이 그랬다.

―마스터, CIA가 움직여요.

'그래?'

타이밍 좋게 CIA가 움직인다는 말에 재중의 입가에서 미소가 사라졌다. 재중은 그대로 몸을 돌렸다. 남아 있는 일을 처리하기 위해서다.

『재중 귀환록』 19권에 계속…

초대형 24시 만화방

신간 100%, 샤워실, 흡연실, 수면실(침대석), 커플석, 세탁기 완비

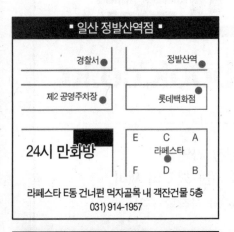

■ 일산 정발산역점 ■

라페스타 E동 건너편 먹자골목 내 객잔건물 5층
031) 914-1957

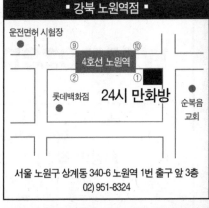

■ 강북 노원역점 ■

서울 노원구 상계동 340-6 노원역 1번 출구 앞 3층
02) 951-8324

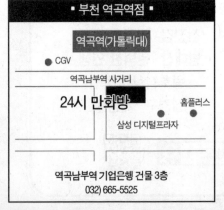

■ 부천 역곡역점 ■

역곡남부역 기업은행 건물 3층
032) 665-5525

■ 부평역점 ■

(구) 진선미 예식장 뒤 보스나이트 건물 10층
032) 522-2871

가프 장편 소설

관상왕의
1번룸

FUSION FANTASTIC STORY

거대한 도시의 그늘에서 벌어지는
짜릿하고 통쾌한 이야기!

『관상왕의 1번룸』

텐프로의 진상 처리 담당, 홍 부장.
절망적인 삶의 끝에서 만난 남국의 바다는
그를 새로운 인생으로 인도하는데……

쾌락을 원하는 거부, 성공에 목마른 사업가,
그리고 실패로 절망한 사람들이여.

여기, 관상왕의 1번룸으로 오라!

Book Publishing CHUNGEORAM

유행이 아닌 자유추구 -
WWW.chungeoram.com